天地外國經典文庫

L' Étranger

局外人

[法] 阿爾貝・加繆 著
Albert Camus

柳鳴九 譯

天地

www.cosmosbooks.com.hk

書　　名　局外人（L'Étranger）

作　　者　阿爾貝・加繆（Albert Camus）

譯　　者　柳鳴九

編輯委員會　馬文通　梅　子　曾協泰

孫立川　陳儉雯　林苑鶯

責任編輯　吳惠芬

美術編輯　郭志民

出　　版　天地圖書有限公司

香港皇后大道東109-115號

智群商業中心15字樓（總寫字樓）

電話：2528 3671　傳真：2865 2609

香港灣仔莊士敦道30號地庫／1樓（門市部）

電話：2865 0708　傳真：2861 1541

印　　刷　美雅印刷製本有限公司

香港九龍官塘榮業街6號海濱工業大廈4字樓A室

電話：2342 0109　傳真：2790 3614

發　　行　香港聯合書刊物流有限公司

香港新界大埔汀麗路36號中華商務印刷大廈3字樓

電話：2150 2100　傳真：2407 3062

出版日期　2018年6月／初版

ISBN ： 978-988-8258-66-6

本書譯文由上海譯文出版社有限公司授權繁體字版出版發行

總序

多元化是香港文化的特徵之一，作為中西文化的薈萃之地，香港文化人手中的讀物，既有四書五經、唐詩宋詞、胡適陳寅恪，也有聖經和莎士比亞、培根和狄更斯。香港文化發展史，其中必不可少的一部份內容就是文化交流史。所謂文化交流，於香港人而言，就是研究和介紹由外國先進思想衍生的普世價值，以及各國的優秀文學作品，作為發展香港文化的借鑒。用著名學者錢鍾書先生的話來說，就是「東海西海，心理攸同；南學北學，道術未裂。」[1] 翻譯家傅雷先生在〈翻譯經驗點滴〉一文中說：「中國人的思想方式和西方人的距離多麼遠。他們喜歡抽象，長於分析；我們喜歡具體，長於綜合。」[2] 可見，同為人類，中國人和西人「心理攸同」；作為不同人種，他們的思維方式各有短長。香港各大學設英國語言文學系、翻譯系、比較文學系，文學院有歐洲和日本研究專業，目的就在於此。在這方面，香港有着足以驕人的成就。茲舉一例。有學者考證，俄國大作家列夫·托爾斯泰最早的中譯本《托氏宗教小說》就是香港禮賢會出版的（時在清光緒三十三年即一九零七年），以此為嚆矢，托爾斯泰的各種著作以後呈扇形輻射到全國各地，被大量迻譯成中文出版，對我國文學界和思想界產生了深遠的影響。[3] 再舉一例，上世紀六、七十年代，香港今日世界出版社聘請了多位著名翻譯家、作家和詩人如張愛玲、余光中、劉以鬯、林以亮、湯新楣、董橋，迻譯了一批美國文學名著，其中包括《美國詩選》《老人與海》《湖濱散記》《人間樂園》等書，到九十年代，這一批書籍已成為名譯，由內地出版社重新印行，對後生學子可謂深致裨益。

本經典文庫的第一輯書目共十冊。所謂經典，即傳統的權威性著作。它們有別於坊間流行的通俗讀物，以深刻、恢宏、精警見稱，在文學史、哲學史、思想史上具有崇高地位，古今俱備，題材多樣。英國女作家伍爾夫（另譯：吳爾芙）的長篇小說《到燈塔去》，以描寫人物的內心世界見長，她是最早運用「意識流」手法進行小說創作的作家之一，語言富有詩意。法國作家加繆的小說《鼠疫》《局外人》，是冶文學和哲理於一爐的存在主義名著，他與同為存在主義作家的薩特齊名，在上世紀五十年代中亦因此而獲得諾貝爾文學獎。愛爾蘭小說家喬伊斯著有短篇小說集《都柏林人》，這部傳統短篇小說集與《尤利西斯》的創作手法南轅北轍，可見作家勇於創新，敢為天下先的膽識。希臘哲學家柏拉圖的《對話集》，既是哲學名著，也在美學史佔有重要地位，他在散文史上開辯難文學之先河。英國作家奧威爾的諷刺小說《動物農場》（另譯：《動物農莊》），與他的《一九八四》同為反烏托邦名著，在當今文學史上享有盛名。意大利作家亞米契斯的兒童文學作品《愛的教育》，早在上世紀初就由民初作家包天笑和夏丏尊譯為中文，是當時傳誦一時的日記體文學作品。本文庫選用夏丏尊的譯本，夏氏是我國新文學史上優秀的散文作家，譯筆暢達，是以初版迄今，兩岸三地重版不計其數。英國小說家毛姆的長篇小說《月亮和六便士》以法國印象派畫家高庚為原型，它刻畫的人物性格練達，冰雪聰明，筆致輕鬆流麗，幽默感人。英國小說家赫胥黎的長篇小說《美麗新世界》，與奧威爾的《一九八四》、俄國作家扎米亞金的《我們》，被譽為文學史上三部最有名的反烏托邦小說。本文庫收日本作家太宰治的小說《人間失格》（《附《女生徒》），這位被稱為「日本無賴派」的代表性作家，在日本小說史上與川端康成、三島由紀夫一樣為人所熟悉。

由於歷史和語言的原因，香港的文化交流存在一定局限性，未能臻於全面。它較集中於英美和日本，其他地域文化如古希臘羅馬、印度、德、法、意、西班牙、俄羅斯乃至拉丁美洲則較少為有關人士顧及。顯然，這不利於開拓香港學子的視野，對他們的思想深度也有所影響。有見及此，我們與相關專家會商，擬定出一套外國經典文庫書目，經資深翻譯家新譯或重訂舊譯，向讀者推出一系列包括文學、哲學、思想、人文科學的經典譯著，分為若干輯次第出版。藉以供香港讀者重溫他們所諳熟的英美日作家、學者的著述，也得以新讀希臘、意大利、法國等國先哲的力作。以後各輯，我們希望能將這一批書目加以擴大，向有一定文化程度的讀者，尤其是青年學子提供更多的經典名著。

對迻譯各書的專家和撰寫導讀的學者，我們謹此表示深切的謝忱。

天地外國經典文庫編輯委員會

二零一八年六月一日

註釋：

[1]《談藝錄．序》，中華書局（香港）有限公司，一九八六年版。

[2]《傅雷談翻譯》第八頁，當代世界出版社，二零零六年九月。

[3] 戈寶權〈托爾斯泰和中國〉，載《托爾斯泰研究論文集》，上海譯文出版社，一九八三年版。

目錄

導讀

荒謬、命運及其反抗

阿爾貝·加繆（Albert Camus），一九一三年生於阿爾及利亞的蒙多維城。父親在一九一四年馬恩戰役中戰死，加繆由母親獨力照顧成長，定居於阿爾及爾。中學時成績優異而獲獎學金，也對哲學產生了興趣；及後如願入讀阿爾及爾大學修習哲學。一九三五年，他籌組了劇團，開始創作戲劇，也積極投身政治運動。一九三七年起，加繆先後創作了多部重要著作，包括《反與正》（隨筆）、《局外人》（小說，又譯《異鄉人》）、《薛西弗斯的神話》（隨筆）、《卡里古拉》（戲劇）、《鼠疫》（小說，又譯《瘟疫》）等，震撼法國文化界。加繆以文學創作表現他的哲學思想，其作品無一不反映現實，逼視世界的荒謬，亦始終抱持人道立場。一九五七年以《局外人》獲得諾貝爾文學獎，一九六零年車禍逝世，享年四十七歲。

加繆成長的時代，塑造了他的世界觀。他短暫的一生被不穩定性所包圍——經歷過戰爭憂患、獨裁極權的殘害，同時也見證了早期工業革命進程，傳統的價值觀分崩離析，一代人的絕望令虛無主義席捲整個歐洲大陸。加繆對虛無主義予以同情地理解，在這樣的時代下「沒人能要求他們更樂觀」，雖然身處絕望，但他沒有放棄追尋人生存的合法性此一終極關懷，「我們需要鍛造一種災難時代生活的藝術，以全新的面貌獲得再生，與歷史生涯中死亡的本能作鬥爭」[1]。

存在主義便是回應如此時代的一種思潮。存在主義關注的是當下的生存狀態，尼采宣告「上帝已死」之後，以神為本位的價值觀退場，自此，人的問題必須由人來解決。現代化的飛速進步，伴隨而來的是人的焦慮、苦悶，疏離的關係；戰亂不斷，在殘酷的政權陰影籠罩之下，哲學家很難不去思考人存在的局限性和正當性。儘管加繆不願意被標籤為「存在主義哲學家」，但他的思想學說卻正是存在主義的核心命題，他的《局外人》和《薛西弗斯的神話》對荒謬的深刻洞察，更被視為存在主義思潮的不朽之作。

《局外人》的情節並不複雜，故事主角默爾索因為陽光猛烈造成的暈眩而用手槍誤殺了一個阿拉伯人，因此被押上法庭審訊，最後判處斬首之刑。但在小說中，加繆着力呈現的是默爾索對自身遭遇的理解，突顯了個體生命和群體的緊張關係，由此亦表現出他對荒謬命運的態度。

在加繆的思想體系中，荒謬是指人和世界的關係斷裂[2]。人在生存的處境中找不到歸屬感，由是對身邊一切感到疲憊和無動於衷，這正是《局外人》主角默爾索消極的來源。默爾索對生命沒有激情，對於過去沒有留戀，未來也沒有希望，活着也就無可無不可。《局外人》是一部第一人稱的小說，主角的語調非常平靜，而出自主角之口的三次死亡，刻劃了敘事者曲折的心理狀態。

故事一開始所描述的是默爾索母親的死亡，「今天，媽媽死了。也許是在昨天，我搞不清。」默爾索展現的情緒反應比一般人冷淡（卻未至於殘忍），到了守靈的夜晚，主角以很長的篇幅觀察身邊的人物，偏偏拒絕看母親的遺體，因為「說不清」的原因而「不想看」。下葬當天，他在送葬行列中汗流浹背，到最後也沒有流過一滴淚，在他眼裏周圍的人所顯現的悲傷皆帶着某種儀式的神秘，他心裏卻只是想散步。默爾索在至親逝世一事上顯得抽離，和養老院人員的反應格格不入，他表現出來的傷心甚至不如他年邁母親的一個朋友，這暗示了他和社會期待的落差，也預告了他即將被群體遺棄的下場——但他自己此時並不察覺。

第二次死亡發生在沙灘。那是默爾索一生的決定性事件，但事情的發生充滿偶然性，他出現在事發現場其實也模稜兩可，不過是受到一個不太熟的鄰居（甚至還未算朋友）雷蒙邀請，帶上一個不太愛的女朋友瑪麗，去一個可去可不去的地方。他因為雷蒙而捲入了事不關己的打鬥，及後在水池邊意外地和阿拉伯人相遇，誤以為對方會襲擊自己，便朝對方開槍。默爾索開槍殺人的這一段敍述，饒有意味：「那一瞬間，猛然一聲震耳欲聾的巨響，一切從這時開始了。（……）我意識到我打破了這一天的平衡，打破了海灘上不尋常的寂靜，在這種平衡與寂靜中，我原本是幸福自在的。接着，我又對準那具屍體開了四槍，子彈打進去，沒有顯露出甚麼，這就像我在苦難之門上急促地叩了四下。」在此之前，他日復一日，沒有熱情地生存着，對身邊一切都漠不關心；然而從這時開始，默爾索第一次從他人的死亡察覺到自身的悲劇命運，這種命運的到臨是毫無預兆的，突然終結了他一直以來的頹廢——他稱之為「幸福自在」的平凡生活。當默爾索稍為意識到自身和世界的斷裂，隨之而來的是即將開啟的「苦難之門」。

苦難之門一旦開啟，等待默爾索的是故事裏的第三次死亡，亦即默爾索的死刑宣判。當默爾索以罪犯之名被押上法庭，他堅持自己的價值觀，在審訊的過程中從來沒有虛飾，使他和群體失去了和解的可能。他不懂得如何表現才能獲得陪審團的同情，聽信律師的勸告而一直保持沉默，取消溝通使他完全被摒出局外，任由檢察官詮釋他的行為。他在自己母親的葬禮上的反應，成為了他冷酷無情的證明，甚至被解釋成為他的殺人動機。他的確犯了殺人罪，但他並不至於是「沒有靈魂的魔鬼」，這樣的默爾索最後被判死刑，與其說是以命抵命，不如說是集體對個體實施的暴力，以一種乾淨、正義的方式。審訊終結之後，默爾索才真正意識到自己已失去了另一種生活的可能性，他對命運已永遠失去了掌控權。

「悲劇意識」在加繆的哲學思想裏佔有相當關鍵的位置，這觀念在《局外人》中得到形象化的體現，三次死亡是喚起默爾索意識的鑰匙。加繆念茲在茲的是個體生命的合理性，亦即是人存在於世的意義；但這種合理性，是建基在對生存狀態的理解之上的。當一個人意識到存在的荒謬，他同時也有了反抗的希望，這是矛盾的一體兩面。

《局外人》的深意，和加繆同期創作的〈薛西弗斯的神話〉，有着理念上的強烈一致。在〈薛西弗斯的神話〉中，他筆下的薛西弗斯就是一個荒謬的英雄。薛西弗斯因為反叛性格而激怒了神祇，被罰在冥界把巨石推到山頂，但巨石在到達之時又會滾下山坡，薛西弗斯必須無止境地做這徒勞無功的工作。加繆以現代的視角去解讀這個古老的神話，認為薛西弗斯的痛苦來自對生命的熱愛，因為他一而再拒絕死亡，堅持回到陽間，神祇於是懲罰他永遠與所愛的世界隔離，在重複而虛無的勞動中磨蝕他的意志。他對生命的執着使他「贏得了這項懲罰」，成為了折磨自己的巨石。而當薛西弗斯意識到這一點，他在轉身下山、步向巨石的一刻，選擇以輕蔑的態度面對荒誕的命運，將推石的過程視作他與他所愛的世界的聯繫，則能克服他的痛苦，瓦解神祇的嘲弄，重新掌控命運，由此體現人之為人的尊嚴。但《局外人》反映的是一種現實處境，默爾索沒有沉重的巨石，取而代之的是明擺在眼前的斷頭台，一種在某個黎明被帶走處死的恐懼。他在設計精巧的死亡機器前，認知到自己走投無路，這一點和「令一切偶像沉默」的薛西弗斯並不相同。然而臨近行刑的他一反常態地，在神父面前爆發了內心的洶湧情緒。即使默爾索無法解救自己的生命，但至少他能把握存在的事實，在墜入死亡的深淵之前，他終於和世界建立了聯繫。他從未如此渴望過自由，思念以往平平無奇的生活，並意識到當中的業以經過而早已消逝的美好；他宣告「過去的自己曾經是幸福的，現在也仍然是幸福的」，默爾索在生命的最後時光，到底仍實踐了薛西弗斯式的精神反抗。

譚穎詩

註釋：

[1]〔法〕卡謬著，袁莉譯：〈卡繆諾貝爾文學獎致答辭〉，見《外國文藝》雜誌（上海：上海譯文出版社）二零一零年第五期。

[2]「荒謬從根本上講是一種離異。它不棲身於被比較的諸成份中的任何一個之中，它只產生於被比較成份之間的較量。（……）荒謬既不存在於人（如果同樣的隱喻能夠有意義的話）之中，也不存在於世界之中，而是存在於二者共同的表現之中。荒謬是現在能聯結二者的惟一紐帶。」〔法〕加繆著，杜小真譯：〈哲學性的自殺〉，見《西西弗的神話：加繆荒謬與反抗論集》（西安：陝西師範大學出版社，二零零三年），頁三十六。

譚穎詩，筆名詩哲，香港浸會大學中文系哲學碩士。寫詩、散文、小說及評論，曾獲大學文學獎、青年文學獎及工人文學獎。作品散見於報刊及文學雜誌。現職大專講師。

第一部

1

今天，媽媽死了。也許是在昨天，我搞不清。我收到養老院的一封電報：「令堂去世。明日葬禮。特致慰唁。」它說得不清楚。也許是昨天死的。

養老院是在馬朗戈，離阿爾及爾八十公里。我明天乘兩點的公共汽車去，下午到，趕得上守靈，晚上即可返回。我向老闆請了兩天的假。事出此因，他無法拒絕。但是，他顯得不情願。我甚至對他說：「這並不是我的過錯。」他沒有答理我。我想我本不必對他說這麼一句話。反正，我沒有甚麼須請求他原諒的，倒是他應該向我表示慰問。不過，到了後天，他見我戴孝上班時，無疑會作此表示的。似乎眼下我媽還沒有死。要等到下葬之後，此事才算定論入檔，一切才披上正式悼念的色彩。

我乘上兩點鐘的公共汽車，天氣很熱。像往常一樣，我是在塞萊斯特的飯店裏用的餐。他們都為我難過，塞萊斯特對我說「人只有一個媽呀」，我出發時，他們一直送我到大門口。我有點兒煩，因為我還要上艾瑪尼埃爾家去借黑色領帶與喪事臂章。幾個月前他剛死了伯父。

為了趕上公共汽車，我是跑着去的。這麼一急，這麼一跑，又加上汽車的顛簸與汽油味，還有天空與公路的反光，這一切使我昏昏沉沉，幾乎一路上都在打瞌睡。當我醒來的時候，正靠在一個軍人身上。他衝我笑笑，並問我是不是從遠方來的。我懶得說話，只應了聲「是」。

養老院離村子還有兩公里。我是步行去的。我想立刻見到媽媽。但門房說我得先會見院長。由於院長正忙，我就等了一會兒。這期間，門房說着話，而後我就見到了院長：他是在自己的辦公室裏接見我的。這是個矮小的老頭，佩帶着榮譽團勳章。他用那雙明亮的眼睛打量打量我，隨即握着我的手老也不鬆開，叫我不知如何抽出來。他翻閱了一份檔案，對我說：「默爾索太太入本院已經三年了。您是她唯一的贍養者。」我以為他有責備我的意思，趕忙開始解釋。但他打斷了我：「您用不着說明，我親愛的孩子，我看過令堂的檔案。您負擔不起她的生活費用。她需要有人照料，您的薪水卻很有限。把她送到這裏來她會過得好一些。」我說：「是的，院長先生。」他補充說：「您知道，在這裏，有一些跟她年齡相近的人和她做伴，他們對過去時代的話題有共同的興趣。您年紀輕，她跟您在一起倒會感到煩悶的。」

的確如此。媽媽在家的時候，一天到晚總是瞧着我，一言不發。剛來養老院的那段時間，她經常哭，但那是因為不習慣。過了幾個月，如果要把她接出養老院，她又會哭的，同樣也是因為不習慣。由於這個原因，自從去年以來我就幾乎沒來探望過她。當然，也由於來一次就得佔用我的一個星期天，且不算趕公共汽車、買車票以及在路上走兩個小時所費的氣力。

院長還說個不停，但我幾乎已經不聽他了。最後他對我說：「我想您願意再看看令堂大人吧。」我甚麼也沒說就站了起來，他領我出了辦公室。在樓梯上，他向我解釋說：「為了不刺激其他的老人，我們已經把她轉移到院裏的小停屍房去了。這裏每逢有老人去世，其他人兩三天之內都惶惶不可終日，這給服務工作帶來很多困難。」我們穿過一個院子，那裏有很多老年人三五成群地聊天。我們經過的時候，他們就不出聲了。我們一走過，他們又聊起來了，就像是一群鸚鵡在聒噪。走到一幢小房子門前，院長告別我說：「默爾索先生，我失陪啦，我在辦公室等您。原則上，下葬儀式是在明天上午十點鐘舉行。我們要您提前來，是想讓您有時間守守靈。再說一點，令堂大人似乎向她的院友們表示過，她希望按照宗教儀式安葬。這件事，我已經完全安排好了。不過，還是想告訴您一聲。」我向他道了謝。媽媽雖說不是無神論者，可活着的時候從來沒有想到過宗教。

我走進小屋，裏面是一個明亮的廳堂，牆上刷了白灰，頂上是一個玻璃天棚，放着幾把椅子與幾個X形的架子，正中的兩個架子支着一口已蓋合上了的棺材。棺材上只見一些閃閃發亮的螺絲釘，擰得很淺，在刷成褐色的木板上特別醒目。在棺材旁邊，有一個阿拉伯女護士，身穿白色罩衫，頭戴一塊顏色鮮亮的方巾。

這時，門房走進屋裏，來到我身後。他大概是跑着來的，說起話來有點兒結巴：「他們給蓋上了，我得把蓋打開，好讓您看看她。」他走近棺材，我阻止了他。他問我：「您不想看？」我回答說：「不想。」他只好作罷。我有些難為情，因為我覺得我不該這麼說。過了一會兒，他看了我一眼，問道：「為甚麼？」但語氣中並無責備之意，似乎只是想問個清楚而已。我回答說：「我說不清。」於是，他捻捻發白的小鬍子，沒有瞧我一眼，一本正經地說：「我明白。」他有一雙漂亮的淡藍色的眼睛，面色有點兒紅潤。他給我搬過來一把椅子，自己則坐在我的後面一點兒。女護士站起身來，朝門外走去。這時，門房對我說：「她長的是一種下疳。」因為我不明白，就朝女護士瞧了兩眼，見她眼睛下面有一條繃帶繞頭纏了一圈，在齊鼻子的地方，那繃帶是平的。在她的臉上，引人注意的也就是繃帶的一圈白色了。

她走出屋後，門房說：「我失陪了。」我不知道我做了甚麼手勢，他又留下了，站在我後面。背後有一個人，這使我很不自在。整個房間這時充滿了夕陽的餘暉。

兩只大胡蜂衝着玻璃頂棚嗡嗡亂飛。我覺得睏勁上來了。我頭也沒有回，對門房說：「您在這院裏已經很久了吧？」他立即答道：「五年了。」似乎他一直在等着我向他提問。

接着，他大聊特聊起來。在他看來，要是有人對他說，他這一輩子會以在馬朗戈養老院當門房告終，那他是苟難認同的。他今年不過六十四歲，又是巴黎人。他說到這裏，我打斷說：「哦，您不是本地人？」這時，我才想起，他在引我到院長辦公室之前，曾對我談過媽媽。他勸我要盡快下葬，因為平原地區天氣熱，特別是這個地方。正是說那件事的時候，他已經告訴了我，他曾在巴黎待過，後來對巴黎一直念念不忘。在巴黎，死者可以停放三天，有時甚至四天。在此地，可不能停放那麼久。這麼匆匆忙忙跟在柩車後面去把人埋掉，實在叫人習慣不了。他老婆在旁邊，提醒他說：「別說了，不應該對這位先生說這些。」老門房臉紅了，連連道歉。我立即進行調和，說：「沒關係，沒關係。」我覺得老頭講的有道理，也有意思。

在小停屍房裏，他告訴我說，他進養老院是因為窮。自己身體結實，所以就自薦當了門房。我向他指出，歸根結底，他也要算是養老院收容的人。對我這個說法，他表示不同意。在此之前，我就覺得詫異，他說到院裏的養老者時，總是稱之為「他們」、「那些人」，有時也稱之為「老人們」，其實養老者之中有一些並不比他年長。顯然，他以此表示，自己跟養老者不是一碼事。他，是門房，在某種意義上，他還管着他們呢。

這時，那個女護士進來了。夜幕迅速降臨。玻璃頂棚上的夜色急劇變濃。門房打開燈，光亮的突然刺激一時使我睜不開眼。他請我到食堂去用晚餐，但我不餓。於是他轉而建議給我端一杯牛奶咖啡來。我因特別喜歡喝牛奶咖啡，也就接受了他的建議。過了一會兒，他端了一個托盤回來。我喝掉了。之後我想抽煙。但我有所猶豫，我不知道在媽媽遺體面前能不能這樣做。我想了想，覺得這無傷大雅。我遞給門房一支煙，我們兩人就抽起來了。

過了一會兒，他對我說：「您知道，令堂大人的院友們也要來守靈。這是院裏的習慣。我得去找些椅子、弄些咖啡來。」我問他是否可以關掉一盞大燈。強烈的燈光照在白色的牆上使我倍感睏乏。他回答我說，那根本不可能。燈的開關就是這麼裝的，要麼全開，要麼全關。之後，我懶得再去多注意他。他進進出出，把一些椅子擺好，在其中一把椅子上，圍着咖啡壺放好一些杯子。然後，他在我的對面坐下，中間隔着媽媽的棺材。那女護士也坐在裏邊，背對着我。我看不見她在幹甚麼。

但從她胳臂的動作來看，我相信她是在織毛線。屋子裏暖烘烘的，咖啡使我發熱，從敞開的門中，飄進了一股夜晚與鮮花的氣息。我覺得自己打了一會兒瞌睡。

一陣窸窸窣窣聲把我弄醒了。我剛才合眼打盹兒，現在更覺屋子裏白得發慘。在我面前，沒有一絲陰影，每一件物體，每一個角落，所有的曲線，都輪廓分明，清晰醒目。正在此時，媽媽的院友們進來了，一共有十來個，他們在耀眼的燈光下，靜悄悄地挪動着。他們都坐了下來，沒有弄響一把椅子。我盯着他們細看，我從來沒有這麼看過人。他們的面相與衣着的細枝末節我都沒有漏過。然而，我聽不見他們的任何聲音，我簡直難以相信他們的確存在。幾乎所有的女人都繫着圍裙，束在腰上的帶子使得她們的肚子更為鼓出。我從來沒有注意過年老的女人會有這麼大的肚子。男人們幾乎都很瘦，個個拄着拐杖。在他們的臉上，使我大為驚奇的一個特點是：不見眼睛，但見一大堆皺紋之中有那麼一點昏濁的亮光。這些人一落座，大多數人都打量打量我，拘束地點點頭，嘴唇陷在沒有牙齒的口腔裏，叫我搞不清他們是在跟我打招呼，還是臉上抽搐了一下。我還是相信他們是在跟我打招呼。這時，我才發現他們全坐在我對面的門房的周圍，輕輕晃動着腦袋。一時，我突然產生了這麼一個滑稽的印象：這些人似乎是專來審判我的。

過了一小會兒，其中的一個女人哭起來了。她坐在第二排，被一個同伴擋住了，我看不清她。她細聲飲泣，很有規律，看樣子她會這麼哭個不停。其他的人好像都沒有聽見她哭。他們神情沮喪，愁容滿面，一聲不響。他們盯着棺材，或者自己的手杖，或者隨便甚麼東西，但只盯着一樣東西。那個女人老在那裏哭。我很奇怪，因為我從不認識她。我真不願意聽她這麼哭。但是，我不敢去對她講。門房向她欠過身去，對她說了甚麼，但她搖搖頭，嘟囔了一句，然後又繼續按原來的節奏哭下去。門房於是走到我旁邊。他靠近我坐下。過了好一陣，他並未正眼瞧我，告訴我說：「她與令堂大人很要好，她說令堂是她在這裏唯一的朋友，現在她甚麼人都沒有了。」

屋裏的人就這麼坐着過了好久。那個女人的嘆息與嗚咽逐漸減弱了，但抽泣得仍很厲害。終於，她不出聲了。我的睏勁也全沒有了，但感到很疲倦，腰酸背疼。這時，使我心裏難受的是所有在場人的寂靜無聲。偶爾，我聽見一種奇怪的聲響，我搞不清是甚麼聲音。時間一長，我終於聽出來，是有那麼幾個老頭子在咂自己的腮腔，發出了一種奇怪的嘖嘖聲。他們完全沉浸在胡思亂想之中，對自己的小動作毫無察覺。我甚至覺得，在他們眼裏，躺在他們中間的這個死者，甚麼意義也沒有。

但現在回憶的時候，我認為我當時的印象是錯誤的。

我們都把門房端來的咖啡喝掉了。後來的事我就不清楚了。一夜過去，我記得曾睜開過一次眼，看見老人們一個個蜷縮着睡着了。只有一個老人例外，他的下巴頦兒支在拄着拐杖的手背上，兩眼死盯着我，似乎在等着看我甚麼時候才會醒。這之後，我又睡着了。因為腰越來越痠痛，我又醒了，此時晨光已經悄悄爬上玻璃頂棚。過了一會兒，又有一個老人醒了，他咳個不停。他把痰吐在一大塊方格手帕上，每吐一口痰費勁得就像動一次手術。他把其他的人都吵醒了，門房說這些人全該退場啦，他們站了起來。這一夜守靈的苦熬，使得他們個個面如死灰。大大出乎我意料的是，他們走出去的時候，都一一跟我握手，似乎我們在一起過了一夜而沒有交談半句，倒大大增加了我們之間的親近感。

我很疲乏。門房把我帶到他的房間，我得以馬馬虎虎漱洗了一下。我還喝了杯咖啡加牛奶，味道好極了。我走出門外，太陽已經高高升起。在那些把馬朗戈與大海隔開的山丘之上，天空中紅光漫漫。越過山丘吹過來的風，帶來了一股鹹鹽的氣味。看來，這一定是個晴天。我很久沒有到鄉下來了。要是沒有媽媽這檔子事，能去散散步該有多麼愉快。

我在院子裏等候着，待在一棵梧桐樹下。我呼吸着泥土的清香，不再發睏了。我想到了辦公室的同事們。此時此刻，他們該起床上班去了，而對我來說，現在卻是苦挨苦等的時候。我又想了想眼前的這些事，但房子裏響起的鐘聲叫我走了神。窗戶裏面一陣忙亂，不一會兒就平靜了下來。太陽在天空中又升高了一些，開始曬得我兩腳發熱。門房穿過院子前來傳話，說院長要見我。我來到院長辦公室。他要我在幾張紙頭上簽了字。我見他穿着黑色禮服和條紋長褲。他拿起電話，對我說：「殯儀館的人已經來了一會兒了。我馬上要他們蓋棺。在這之前，您是不是要再看令堂大人一眼？」我回答說「不」。他對着電話低聲命令說：「費雅克，告訴那些人，可以蓋棺了。」

接着，他告訴我，他將親自參加葬禮。我向他道了謝。他在辦公桌後面坐下，兩條小腿交叉着。他告訴我，去送葬的只有他和我兩個人，還加上勤務女護士。原則上，養老者都不許參加殯葬，只讓他們參加守靈。他指出：「這是一個講人道的問題。」但這一次，他允許媽媽的一個老朋友多瑪·貝雷茲跟着去送葬。說到這裏，院長笑了笑。他對我說：「您知道，這種友情帶有一點兒孩子氣，但他與令堂大人從來都形影不離。院裏，大家都拿他們開玩笑，對貝雷茲這麼說：『她是你的未婚妻。』他聽了就笑。這種玩笑叫他倆挺開心。這次，默爾索太太去世，他非常難過，我認為不應該不讓他去送葬。不過，我根據保健大夫的建議，昨天沒有讓他守靈。」

我們默默不語地坐了好一會兒。院長站起身來，朝窗外觀望。稍一會兒，他望見了甚麼，說：「馬朗戈的神甫已經來了，他倒是趕在前面。」他告訴我，教堂在村子裏，到那兒至少要走三刻鐘。我們下了樓。屋子前，神甫與兩個唱詩班的童子正在等着。一個童子手持香爐，神甫彎腰向着他，幫助調好香爐上銀鏈條的長短。我們一到，神甫直起身來。他稱我為「我的兒子」，對我說了幾句話。他走進屋去，我也隨他進屋。

我一眼就看見棺材上的螺釘已經擰緊，屋裏站着四個穿黑衣的人。這時，我聽見院長告訴我柩車已在路旁等候，神甫也開始祈禱了。從這時起，一切都進行得很快。那四個人走向棺材，把一條毯子蒙在上面。神甫、唱詩班童子、院長與我都走了出來。在門口，有一位我不認識的太太，院長向她介紹說：「這是默爾索先生。」這位太太的名字，我沒有聽清，只知道她是護士代表。她沒有一絲笑容，點了點有瘦削的長臉的頭。然後，我們站成一排，讓棺材過去。我們跟隨在抬棺人之後，走出養老院。在大門口，停着一輛送葬車，長方形，漆得鋥亮，像個文具盒。在它旁邊，站着葬禮司儀，他個子矮小，衣着滑稽，還有一個舉止做作的老人。我明白了，此君就是貝雷茲先生。他頭戴圓頂寬檐軟氈帽，棺木經過的時候，他脫下了帽子。他長褲的褲管擰絞在一起，堆在鞋面上，他黑領帶的結打得太小，而白襯衫的領口又太大，很不協調。他的嘴唇顫抖個不停，鼻子上長滿了黑色的小點。他一頭白髮相當細軟，下面露出兩隻邊緣扭曲、形狀怪異、耷拉着的耳朵，其血紅色對襯着的蒼白的面孔，使我覺得刺眼。葬禮司儀安排好我們各自的位置。神甫領頭走在最前面，然後是柩車。柩車旁邊是四個黑衣人。柩車後面，是院長和我。最後斷路的是護士代表與貝雷茲先生。

太陽高懸，陽光普照，其熱度迅速上升，威力直逼大地。我不懂為甚麼要磨蹭這麼久才遲遲出發。身穿深色衣服，我覺得很熱。矮老頭，本來已戴上了帽子，這時又脫下來了。院長又跟我談起他來了，我略微歪頭看着他。院長說，我媽媽與貝雷茲先生，常在傍晚時分，由一個女護士陪同，一直散步到村子裏。我環顧周圍的田野，一排排柏樹延伸到天邊的山嶺上，田野的顏色紅綠相間，房屋稀疏零散，卻也錯落有致，見到如此景象，我對媽媽有了理解。在這片景色中，傍晚時分那該是一個令人感傷的時刻。而在今天，濫施淫威的太陽，把這片土地烤得直顫動，使它變得嚴酷無情，叫人無法忍受。

我們上路了。這時，我才看出貝雷茲有點兒瘸。車子漸漸加快了速度，這老頭兒就落在後面了，其中一個黑衣人也跟不上車，與我並排而行。我感到驚奇，太陽在天空中竟升高得那麼快。我這才發現，田野裏早已瀰漫着一片蟲噪聲與草簌聲。汗水流滿了我的臉頰。因為我沒有戴帽子，只得用手帕來扇風。殯儀館的那人對我說了句甚麼，我沒有聽清楚。這時，他右手把鴨舌帽帽檐往上一推，左手用手帕擦了擦額頭。我問他：「怎麼樣？」他指了指天，連聲道：「曬得厲害。」我應了一聲：「是的。」過了一小會兒，他問我：「這裏面是您母親嗎？」我同樣應了一聲：「是的。」他又問：「她年紀老嗎？」我回答說：「就這麼老。」因為我搞不清她究竟有多少歲。到這裏，他就不吭聲了。我轉過身去，看見貝雷茲老頭已經落在我們後面五十來米。他急急忙忙往前趕，手上搖晃着帽子。我也看了看院長。他莊嚴地走着，一本正經，沒有任何小動作。他的額頭上滲出了一些汗珠，但他沒有去擦。

我覺得這一行人走得更快了。在我周圍，仍然是在太陽逼射下燦燦一片的田野。天空亮得刺眼。有一陣，我們經過一段新修的公路，烈日把路面的柏油都曬得鼓了起來，腳一踩就陷進去，在亮亮的層面上留下裂口。車頂上車夫的熟皮帽子，就像是從這黑色油泥裏鞣出來的。我頭上是藍天白雲，周圍的顏色單調一片，裂了口的柏油路面是黏糊糊的黑，人們穿的衣服是喪氣陰森的黑，柩車是油光閃亮的黑，置身其中，我不禁暈頭轉向。所有這一切，太陽、皮革味、馬糞味、油漆味、焚香味，一夜沒有睡覺的疲倦，使得我頭昏眼花。我又回了回頭，見貝雷茲已遠遠落在我後面，在一片騰騰的熱氣中若隱若現，後來，乾脆就看不見了。我用目光搜尋他，見他已離開了大路，而後又從田野斜穿過來。我發現在我們前方的大路轉了個彎。原來，貝雷茲熟悉本地，他正抄近路追趕我們。果然，在大路轉彎的地方，他追上我們了。不久，我們又把他落下了。他仍然是穿田野、抄近路，這樣，反反覆覆，如法炮製了好幾次。而我，這麼走着的時候，一直覺得血老往頭上湧。

後來，所有的事都進行得那麼快速、具體、合乎常規，所以我現在甚麼都不記得了。只記得這麼一件事：在村口，護士代表跟我說了話。她的聲音奇特，抑揚頓挫而又顫悠發抖，與她的面孔極不協調。她對我說：「走得慢，會中暑，走得太快，又會汗流浹背，一進教堂就會着涼感冒。」她說得對。左右為難，不知如何是好。此外，我還保留了那天的幾個印象：例如，貝雷茲最後在村口追上我們時的那張面孔。他又激動又難過，大顆大顆的眼淚流在臉頰上。但由於臉上皺紋密佈，眼淚竟流不動，時而擴散，時而匯聚，在那張哀傷變形的臉上鋪陳為一片水光。此外，還有教堂，還有站在路旁的村民，開在墓地墳上的紅色天竺葵，還有貝雷茲的暈倒，那真像一個散了架的木偶，還有撒在媽媽棺材上的血紅色的泥土與混雜在泥土中的白色樹根，還有人群、嘈雜聲、村子、在咖啡店前的等待、馬達不停的響聲以及汽車開進阿爾及爾鬧市區、我想到將要上床睡上十二個鐘頭時所感到的那種喜悅。

2

我醒來的時候，明白了為甚麼我請了兩天假，老闆就一直板着面孔，因為今天是星期六。可以説，我把這事全給忘了，起床時才想起來。老闆自然是想到了，加上星期天，我就等於有了四天假期，而這，是不會叫他高興的。但是，一者，媽媽的葬禮安排在昨天而不是今天，這並非我的過錯；二者，不論怎麼説，星期六與星期天總該歸我所有。即使是這個理，也並不妨礙我理解老闆的心理。

昨天實在很累，今早幾乎起不了床。刮臉的時候，我想了想今天要幹甚麼，我決定去游泳。我乘電車到了海濱浴場。在那兒，我一頭就扎進了泳道。浴場上年輕人很多。我在水裏看見了瑪麗・卡爾多娜，她以前是與我同一個辦公室的打字員。那時，我很想把她弄到手。現在想來，她當時也對我有意，但不久她就離職而去，我倆沒有來得及好上。在浴場上，我幫她爬上一個水鼓，扶她的時候，我輕微地碰了碰她的乳房。她躺在水鼓上面，我仍在水裏。她的頭髮遮住了眼睛，她一直在笑。我也爬上水鼓，躺在她身邊。天氣晴和，我像開玩笑似的把頭抬起枕在她的肚子上。她沒有說甚麼，我也就趁勢這麼待着。我兩眼望着天空，天空一片蔚藍，金光流溢。我感覺到瑪麗的肚子在我的頸背下輕柔地一起一伏。我倆半睡半醒地在水鼓上待了很久，當太陽曬得特別厲害的時候，她就鑽進水裏，我也跟着下水。我趕上她，用手臂摟着她的腰，我倆齊游共泳，她一直在笑。我們在岸上晾乾的時候，她對我說：「我曬得比你黑，」我問她，晚上是否願意去看場電影。她仍然在笑，對我說她很想去看費爾南德主演的一個片子。當我們穿上衣服的時候，她見我繫着黑領帶，顯得有點詫異，問我是不是在戴孝。我對她說媽媽死了。她想知道是甚麼時候，我告訴她：「就是昨天。」她嚇得往後一退，但沒有發表甚麼意見。我想對她說這不是我的過錯，但我沒有說出口，因為我想起我對老闆也這麼說過。其實說這個毫無意義，反正，人總得有點甚麼錯。

晚上，瑪麗把這件事拋到了腦後。這個片子有些地方挺滑稽，但實在很蠢。她的腿靠着我的腿，我撫摩她的乳房。電影快散場的時候，我抱吻了她，但沒有吻好。出了電影院，她隨我到了我的住所。

我醒來的時候，瑪麗已經走了。她跟我說過她得到她姨媽家去。我想起了今天是星期天，這真叫我煩，我從來都不喜歡過星期天。於是，在床上翻了個身，努力去尋找瑪麗的頭髮在枕頭上留下的海水的鹹味，我一直睡到十點鐘。然後，仍然躺在床上，不斷抽煙，一直抽到了中午。我像往常一樣不喜歡到塞萊斯特的飯店去吃飯，因為，那裏肯定有一熟人會向我提出種種問題，這我可不喜歡。我煮了幾個雞蛋，就着盤子吃掉了，也沒有用麵包，麵包早就吃完了，我一直不願意下樓去買。

吃罷飯，我有點煩悶，就在房間裏轉來轉去。媽媽在的時候，這套房子大小合適；現在，我一個人住就顯得太空蕩了。我不得不把飯廳裏的桌子搬到臥室裏來。我只用我這一間，幾張已經有點塌陷的麥秸椅子、一個鏡面已經舊得發黃的櫃子、一個梳妝台，還有一張銅床，我就生活在這個空間裏，其他的空間我都不管了。又過了一會兒，我為了消磨時光，就拿起一張舊報紙讀了起來。我把克呂遜鹽業公司的一則廣告剪下來，黏貼在一個舊本子上，報紙上種種叫我開心的東西，我都貼在那裏面。之後，我洗了洗手，事情告一段落，我來到陽台上。

我的房間正朝着本區一條主要街道。中午，天氣晴朗，但馬路骯髒，行人稀少而又來去匆匆。我先看見一家家出來散步的人，有兩個穿海軍服的小男孩，短褲長得過了膝蓋，筆挺的服裝使得他們舉止拘謹。還有一個小女孩，頭上紮着玫瑰紅的大花結，腳穿黑色的漆皮鞋。在孩子的後面，是他們的母親，身材高大，穿着栗色連衣裙，父親則是一個相當瘦弱的小個子，我頗眼熟。他戴着扁平的狹邊草帽，領口紮着蝴蝶結，手持一根文明杖。看見他跟他妻子在一起，我明白了為甚麼這個區的人都說他秀氣優雅。過了一小會兒，走來一群郊區的年輕人，頭髮油光鋥亮，打着大紅領帶，衣服腰身緊俏，裝佩着繡花口袋，腳上穿的是方頭皮鞋。我猜他們是到城裏去看電影的，所以這麼早就動身。他們一夥人急急忙忙趕電車，還高興地說說笑笑。

這一群人過去之後，路上行人漸漸稀少。我想，那些好看好玩的地方開始熱鬧起來了。街上只剩下了一些商店老闆與貓。從街道兩旁的榕樹上空望去，天空晴和，但並不明朗。在街對面的人行道上，有個煙鋪老闆搬出一把椅子，放在店門口，跨坐在上面，兩臂擱在椅背上。剛才擁擠不堪的電車，現在幾乎全都空了。煙鋪旁邊那個名叫「皮埃羅之家」的小咖啡館裏，廳堂空空蕩蕩，一個侍者正在用鋸屑擦洗地面。真個是一派星期天的景象。

我也把椅子倒轉過來，像煙舖老闆那樣放着，我覺得那樣更舒服。我抽了兩支煙，又進房拿了一塊巧克力，回到窗前吃了起來。過了一小會兒，天空變得陰沉，我以為快要下暴雨了。但是，它又漸漸轉晴。不過，一片片烏雲飄過，使得街道陰暗了些。我抬頭望着天空，一直這麼待了好久。

下午五點鐘，一輛輛電車在轟隆聲中駛過來了，載滿了一群群從郊區體育場看比賽回來的人，有些人就站在踏板上，有些則扶着欄桿。跟在後面的幾輛電車載的是運動員，我是從他們的小手提箱認出來的。他們使勁地高呼，歌唱，嚷嚷他們的團隊將永遠戰無不勝。好幾個運動員朝我打招呼，其中一個對我喊道：「我們贏了他們。」我也回喊了一聲「沒錯」，同時使勁點點腦袋。電車過去，街上的小汽車就開始一擁而至了。

天色有點暗了。屋頂的上空變成淡紅色，隨着暮色漸至，那些假日出遊的人陸續往回走。我在人群中認出了那位優雅的先生。他家的幾個孩子哭泣着跟在父母的後頭。這時，附近的電影院一股腦兒將所有的觀眾都傾瀉在大街上。那些觀眾中，青年人的行為舉止比平日多了幾分衝勁，我猜他們剛才看的是一部驚險片。從城裏電影院回來的觀眾則姍姍來遲。他們顯得較為莊重。他們也説説笑笑，但顯得疲倦並若有所思。他們待在街道上，在對面的人行道上踱來踱去。這一帶的少女們，不着帽，披着髮，挽着胳臂在街上走，小夥子們則打扮得整整齊齊，為的是跟她們擦身而過。他們不斷高聲地開玩笑，招得姑娘們格格直笑，還回過頭來瞅瞅他們。姑娘們之中有幾個我是認得的，她們也在跟我打招呼。

這時，街燈突然一齊亮了，使得在夜空中初升的星星黯然失色。老這麼盯着燈光亮堂、行人熙攘的人行道，我感到眼睛有些發累。燈光把潮濕的路面與按時駛過的電車照得閃閃發亮，也映照着油亮的頭髮、銀製的手鐲與人的笑容。過了一會兒，電車漸漸稀疏了，樹木與街燈的上空，已是一片漆黑。不知不覺，附近這一帶已闃無一人，於是，又開始有貓慢吞吞地踱過空寂的街道，我這才想到該吃晚飯了。倚靠在椅背上待的時間實在太久，我的脖子有點瘦痛。我下樓買了麵包與果醬，自己略加烹調，站着就吃完了。我想在窗口抽支煙，但空氣涼了，我略感涼意。我關上窗戶，轉過身來，從鏡子裏看見桌子的一角上放着我的酒精燈與幾塊麵包。我想，這又是一個忙忙亂亂的星期天，媽媽已經下葬入土，而我明天又該上班了，生活仍是老樣子，沒有任何變化。

3

今天，我在辦公室幹了很多的活兒。老闆顯得和藹可親。他關心地問我累不累，還問我媽媽有多大歲數。為了不把具體的歲數說錯，我回答：「六十來歲。」我不知道為甚麼他一聽此話就好像鬆了一口氣，並認為這是了結了一樁大事。

我的桌上放了一大堆提單，都得由我來處理。在離開辦公室外出吃午飯之前，我洗了洗手。每天中午，我喜歡這麼清理清理。到了傍晚，我就不高興這麼做了，因為公用的轉動毛巾被大家用一天，已經全濕透了。有一天，我曾經提請老闆注意此事。他回答我說，他對此也感到遺憾，但這畢竟是無關緊要的一樁小事。我下班稍晚一點兒，十二點半才跟在發貨部工作的艾瑪尼埃爾一道出來。公司的辦公室面對大海，我們先觀看了一會兒陽光照射下的海港裏停泊的船隻。這時，一輛卡車開過來了，夾帶着一陣鏈條嘩啦聲與內燃機劈啪聲。艾瑪尼埃爾問我：「咱們去看看如何？」我就跑了起來。卡車超過了我們，我們跟在它後面直追。我被淹沒在一片噪聲與灰塵之中，甚麼也看不見，只感到自己是在拚命地奔跑，進行比賽，周圍是絞車、機器、在半空中晃動的桅杆以及停在近旁的輪船。我第一個抓住了卡車，一躍而上。然後，我幫艾瑪尼埃爾在車上坐好。我們倆人都喘不過氣來。卡車在碼頭高低不平的路面上使勁顛簸，包圍在陽光普照與塵土飛揚之中。艾瑪尼埃爾笑得上氣不接下氣。

我們大汗淋漓地來到了塞萊斯特的飯店。他還是那個樣子，大腹便便，繫着圍裙，蓄着白色小鬍子。他問我總還過得下去吧，我回答說是，還說我肚子餓了。我狼吞虎嚥，又喝了咖啡。然後，我回到家裏，因為酒喝多了，就睡了一小覺，醒來時，我想抽煙。時間已經遲了，我跑着去趕電車。整個下午，我一直悶頭幹活。辦公室裏很熱，傍晚，我下班出來，沿着碼頭慢步回家，這時，頗有幸福自在之感。天空是綠色的，我心情輕快，儘管如此，我還是徑直回家，因為我想自己煮土豆。

上樓的時候，我在黑乎乎的樓梯上撞着了沙拉瑪諾老頭，他是我同樓層的鄰居。他牽着狗，八年以來，人們都見他與狗形影不離。這條西班牙獵犬生有皮膚病，我想是丹毒叫牠的毛都脱光了，渾身是硬皮，長滿了褐色的痂塊。主人與狗擠住在同一個小房間裏，日子久了，沙拉瑪諾老頭終於也像那條狗了。他臉上長了好些淡紅色的硬痂，頭髮稀疏而發黃。而那狗呢，則學會了主人彎腰駝背的行走姿勢，嘴巴前伸，脖子緊綳。他們好像是同一個種族的，但又互相厭惡。每天兩次，上午十一時，傍晚六時，老頭都要牽狗散步。八年以來，他們從未改變過散步的路線。人們老見他倆沿着里昂街而行，那狗拖拽着老頭，搞得他蹣跚趔趄，於是，他就打狗、罵狗。狗嚇得趴在地上，由主人拖着走，這時，該老頭去拽牠了。過一會兒，狗忘得一乾二淨，再次拽起主人來了，主人就再次對牠又打又罵。這樣一來，他們兩個就停在人行道上，你瞪着我，我瞪着你，狗是怕，人是恨。天天如此，日復一日。有時狗要撒尿，老頭偏不給牠時間，而是硬去拽牠，這畜生就瀝瀝拉拉撒了一路。如果牠偶爾把尿撒在屋裏，更要遭一頓狠打。這樣的日子已經過了八年。塞萊斯特對此總這麼說：「這真不幸。」但實際上，誰也說不清楚。當我在樓梯上碰見沙拉瑪諾的時候，他正在罵狗：「壞蛋！髒貨！」狗則在哼哼。我對他道了聲「晚安」，他仍在罵個不停。我就問他狗怎麼惹他了。他也不回答，只顧罵：「壞蛋！髒貨！」我見他彎下腰去，在狗的頸圈上擺弄着甚麼，我又提高嗓門兒問他。他沒有轉向我，只是憋着火氣回答說：「牠老是那副德行。」說完，便拖着狗走了。那畜生匍匐在地被生拉硬拽，不斷哼哼唧唧。

正在此時，又進來了一個同樓層的鄰居。附近一帶的人都說，他是靠女人生活。但是，有人問他是從事甚麼職業時，他總是答曰：「倉庫管理員。」一般來說，他一點兒也不招人喜歡，不過，他常主動跟我搭話，有時，也上我的房間坐坐，我總是聽他說。我覺得他所講的事都很有趣。再說，我也沒有任何道理不跟他說話。他名叫雷蒙·桑泰斯，個子相當矮小，寬肩膀，塌鼻子。他總是穿着得很講究。談到沙拉瑪諾時，他對我也這麼說：「這真不幸！」他問我，我對那對難兄難弟是不是感到惡心，我回答說不。

我們上了樓，我跟他告別的時候，他對我說：「我房裏有香腸有酒，願意來跟我喝一杯嗎？……」我想這可以免得自己回家做飯，於是就接受了邀請。他也只有一個房間，外帶一間沒有窗戶的廚房。在他的床上方，擺着一個白色與粉紅色的仿大理石天使雕塑，貼着一些體育冠軍的像片與兩三張裸體女人畫片。房間裏很髒，床上很凌亂。他先點上煤油燈，然後從口袋裏拿出一卷相當骯髒的紗布，把自己的右手包紮起來。我問他是怎麼回事。他說剛才跟一個找麻煩的傢伙打了一架。

「默爾索先生，」他對我說，「您知道，並非我這個人蠻不講理，但我是個火性子。那個傢伙衝着我叫板：『你小子有種就下電車來。』我對他說：『滾你的，別找碴兒。』他就說我沒有種，這麼一來，我就下了電車，對他說：『夠了，你到此為止吧，不然我就要教你長長見識。』他又朝我叫板：『你敢怎麼樣？』於是，我就揍了他一頓。他跌倒在地。我呢，我正要扶他起來，他卻在地上用腳踢我，我又給了他一腳，搧了他兩個耳光。他滿臉是血。我問他受夠了沒有，他回答說夠了。」說着這段故事的時候，雷蒙已經把紗布纏好。我坐在床上。他繼續說，「您瞧，不是我去惹他，而是他來冒犯我。」的確如此，我承認。於是，他向我表示，他正想就此事徵求我的意見，他認為我是一條漢子，又有生活閱歷，能夠幫助他，以後他會成為我的朋友。我甚麼話也沒有說，他就問我願不願意做他的朋友。我說做不做都可以。他聽了顯得很高興。他取出香腸，在爐子上烹調了一番，接着又擺上酒杯、盤子、刀叉與兩瓶酒。做這一切時，他沒有說話。我們坐了下來。他一邊吃，一邊給我講述他的故事。開始，他有點不便啓齒。「我結識了一個太太……這麼說吧，她就是我的情婦。」被他揍了一頓的那個人，就是這位太太的兄弟。他對我說，他一直供養着這個女人。我沒有答言。接着他又說，他知道附近一帶關於他的流言飛語，但他問心無愧，他確實是一個倉庫保管員。

「說到我跟這女人的關係，我發現她一直在欺騙我。」他把整個事情追述了一遍，他供她的錢正夠她維持生活，他還替她付房租，每天另給她二十法郎的飯錢。「三百法郎的房租，六百法郎的飯錢，時不時還送她一雙襪子，這幾項加起來就有上千法郎了。這位女士休閒在家，卻振振有詞，還說我供她的錢不夠她過日子。我常對她說，『你為甚麼不出去找個半日班的工作幹幹？那就省得我為你的零星花銷操心。這個月，我給你買了一套衣服，每天又給你二十法郎，還替你付房租，而你每天下午都跟你的姐們兒喝咖啡。拿我的咖啡和糖去招待人家。我供養你，我待你不薄，你倒以怨報德。』我這麼說她，她還是不出去工作，總說錢不夠用，所以，我才發覺其中必定有鬼。」

接着，這漢子告訴我，有一天他在她的手提包裏發現了一張彩票，她無法解釋她是怎麼買來的。不久，他又在那裏發現了一張當票，證明她到當舖裏當了兩只手鐲。而他，從不知道她還有兩個鐲子。「我當然一眼就看穿她一直對我不忠。於是，我就把她休了，不過，我先揍了她一頓，然後才揭穿她的鬼把戲。我對她說，她跟我只是為了尋開心。默爾索先生，我是這麼對她說的：『你也不好好瞧瞧大家是多麼羨慕我給你的福分，你以後就會明白，你跟着我是身在福中不知福。』」

他把那個女人打出了血。在此以前，他從不打她。「過去也常有過動手的事，但可以說，只是輕輕碰一下而已。她只要稍一叫喊，我就關上窗子，立即罷手，每次都是這樣。而這一次，我可是動真格的了，我還覺得對她教訓得不夠呢。」

他接着又向我解釋說，正是為這件事，他需要聽聽別人的意見。說到這裏，他停了下來，去把燃盡了的燈心調了一調。我一直在聽他說，慢慢喝掉了將近一公升的酒，喝得太陽穴直發熱。我不斷地抽雷蒙的香煙，因為我自己的都抽光了。最後的幾班電車開過去了，帶走了郊區已漸模糊的嘈雜聲。雷蒙還在繼續說，使他煩惱的是，他偏偏對自己那個姘頭還有感情。但他仍想懲罰她。起初他想把她帶到一家旅館去，跟「風化警察」串通好，製造一樁醜聞，害得她在警察局裏備個案。後來，他又找了幾個流氓幫裏的朋友討主意，他們也沒有想出甚麼法子，不過，正如雷蒙向我指出的那樣，跟幫裏的人稱兄道弟是很值得的，他把事由告訴他們之後，他們就建議他在那個女人臉上「留個記號」。但是，他不想這麼損，他要考慮考慮。在此以前，他想問問我有甚麼主意。現在，尚未得到我的指點之前，他想知道我對整個這樁事有甚麼看法。我回答說，我沒有甚麼看法，不過我覺得這樁事挺有趣。他問我是不是也認為那女人欺騙了他。我說看來的確是欺騙了他，他又問我，我是不是也認為該去懲罰那個女人，如果我碰見了這種事，我會怎麼去做。我對他說，我永遠也不可能知道該怎麼做，但我很理解他要懲罰那個女人的心理。説到這裏，我又喝了一點酒。他點起一支煙，對我講了他的打算。他想給她寫一封信，狠狠地羞辱她一番，同時講些話叫她感到悔恨。信寄出後，如果她回到他身邊，他就跟她上床做愛，「正要完事的時候」，他要吐她一臉唾沫，再把她轟出門外。我説，要是他用這個法子，當然是把那女人懲罰了一頓。但是，雷蒙説，他覺得自己寫不好這麼一封信，他想請我代筆，見我沒有吭聲，他就問我馬上寫我是否嫌煩，我回答説不是。

他又喝了一杯酒，然後站起身，把杯盤與我們吃剩下的一點冷香腸挪開。他仔仔細細把鋪在桌上的漆布擦乾淨，從床頭櫃的抽屜裏取出一張方格紙，一個黃信封，一支紅木桿的蘸水筆和一方瓶紫墨水。他把那女人的名字告訴我，從姓名看，她是個摩爾人。我寫好了信。信寫得有點兒隨便，但我盡可能寫得叫雷蒙滿意，因為，我沒有必要叫他不滿意。我高聲唸給他聽，他一邊抽煙一邊聽着，連連點頭。他又請我再唸了一遍。他表示完全滿意。他對我説：「我早就知道你見多識廣。」我開始沒有注意到他在用暱稱「你」跟我説話。聽到他這麼説：「現在，你是我真正的朋友。」這時我才受寵若驚。這句話他又重複了一遍，我回應了一聲「是的」。對我來說，做還是不做他的朋友，怎麼都行，而他，看起來倒確實想攀這份交情。他封上信，我們喝完了酒，默默地抽了一會兒煙。街上很安靜，我們聽見有一輛汽車駛過。我說，「時間很晚了。」雷蒙也這麼說，他覺得時間過得真快，在某種意義上，的確如此。我實在睏了，但我卻站不起來。我的樣子一定是顯得疲憊不堪，所以雷蒙對我說我不該灰心喪氣、一蹶不振。起初我不懂他這話的意思。他就給我解釋說，他聽說我媽媽去世了，但他認為這只是早晚要發生的事。我說，我也是這麼看的。

我站起身來，雷蒙使勁握住我的手，對我說，男人與男人，感同身受，心意相通。出了他的房間，我把門帶上，在漆黑的樓梯口待了一小會兒。整幢樓房一片寂靜，從樓梯洞的深處升上來一股不易察覺的潮濕的氣息。我只聽見血液的流動正在我耳鼓裏嗡嗡作響，我站在那裏沒有動。沙拉瑪諾老頭兒的房間裏，他那條狗發出低沉的呻吟。

4

整整這個星期，我幹活兒很賣勁兒。雷蒙來過我處，告訴我他已經把信發出去了。我與艾瑪尼埃爾去看過兩次電影，銀幕上演些甚麼，他常看不明白，我得給他解釋。昨天是星期六，瑪麗來了，這是我們事先約好的。我見了她就產生了強烈的慾望，因為她穿了一件漂亮的紅色條紋連衣裙，腳上是一雙皮涼鞋，乳房豐滿堅挺，皮膚被陽光曬成了棕色，整個人就像一朵花。我倆坐上公共汽車，來到離阿爾及爾幾公里遠的一個海灘，那裏有懸崖峭壁環抱，靠岸的這邊，則有一溜蘆葦。下午四點鐘的太陽，已不太灼熱，但海水還很溫暖，水光接天，微波蕩漾。瑪麗教我玩一種遊戲，那就是在游泳的時候，迎着浪尖喝一口水含在嘴裏，然後轉過身將水朝天噴出。那水既像泡沫花帶一樣在空中稍縱即逝，又像溫熱的雨絲灑落在臉上，但玩了一會兒之後，我的嘴就被苦鹹的海水燒得發燙。瑪麗又游到我身邊，在水裏緊緊依偎着我，她把嘴貼着我的嘴，伸出舌頭舔盡了我唇上的鹹澀。我倆在水裏翻騰攪和了好一陣子。

當我倆在海灘上穿上衣服的時候，瑪麗用熱烈的眼光瞧着我。我抱吻了她。從這時起，我倆不再説話交談，我緊摟着她，我倆急於搭上公共汽車，急於回我的家，急於上床做愛。我把窗戶大大敞開，感受着夏夜在我們的棕色皮膚上流走，真是妙不可言。

早晨，瑪麗沒有走，我對她說要跟她一道共進午餐。我下樓去買了點肉。回樓上的時候，我聽見雷蒙的房間裏有女人的說話聲。過了一小會兒，沙拉瑪諾老頭兒又開始罵狗了，我們聽見木頭樓梯上響起鞋底聲與爪子聲，還有「壞蛋！髒貨！」的罵聲，老頭兒與狗出了樓到街上去了。我對瑪麗講了老頭兒的事情，她聽了直笑。她穿着我的睡衣，兩袖高高挽起。當她笑的時候我對她又動了慾念。過了一會兒，她問我愛不愛她。我對她說，這種話毫無意義，但我似乎覺得並不愛。她聽了顯得有些傷心。但是，在做飯的時候，她又無緣無故地笑了起來，笑得我又抱她吻她。正是此時，雷蒙的房間裏傳來一陣吵架聲。

先是聽見一聲女人的尖叫，接着就是雷蒙的聲音：「你敢跟我對着幹，你敢跟我對着幹，我要教你學會怎麼對着幹！」同時是幾記重重的抽打聲與女人的號叫，叫得那麼慘厲，樓梯口立即就站滿了人。瑪麗與我也出了房門，聽見那女人還不斷在慘叫，而雷蒙還不斷在打。瑪麗對我說，這真可怕，我沒有吭聲。她要我去找警察，我說我不喜歡警察。但是住在三層的一個做白鐵工的房客找來了一個。警察敲了敲門，裏面就沒有聲音了。他又使勁地敲，過了一會兒，女人哭起來了，雷蒙把門打開。他嘴上叼着一支煙，滿臉堆笑。那女人從門裏衝出來，高聲向警察告狀，說雷蒙打了她。警察問她，「你叫甚麼名字。」雷蒙替她回答了。「你跟我說話的時候，把煙從嘴上拿掉！」警察命令道。雷蒙沒有立即照辦，他瞧了瞧我，又抽了一口。說時遲，那時快，警察朝他的臉上，狠狠地一個大耳光搧個正着。他嘴上那支煙被搧出幾米遠。雷蒙臉色大變，但他當時甚麼也沒有說，而是低聲下氣地問警察，他是不是可以把自己的煙頭拾起來。警察說可以，但又補了一句：「下次別忘了，警察可不是你鬧着玩的。」那女人一直在哭，不斷地說：「他打了我，他是個男鴇。」雷蒙就問：「警察先生，說一個男人是男鴇，這在法律上講得通嗎？」但警察命令他：「閉上你的嘴。」雷蒙於是轉身向那女子，對她說：「你等着瞧，小娘們兒，咱倆後會有期。」警察要他別再吭聲，叫那女人離開，叫他待在家裏等候警局的傳訊，他還說，雷蒙醉成這樣，不斷打哆嗦，應該感到羞恥。雷蒙聽了，辯解說：「警察先生，我可沒有醉，只是我在這裏，在您面前，我才打哆嗦，自己控制不住。」他關上房門，圍觀的人也都散了。瑪麗與我做好了午飯。但她不餓，幾乎都讓我吃了。她一點鐘時走了，我又睡了一會兒。

將近三點的時候，有人敲我的門，進來的是雷蒙。我仍然躺在床上沒有起身。他在我的床邊坐下。開始時他一言不發，我就問他，他的事怎麼鬧到了這種地步。

他講述了他如何按預謀行事，如願以償，但她回敬了他一個耳光，這麼一來，他就揍了她一頓。以下的情況，我都在場看見了。我對他說，我覺得那女人確已受到懲罰，你該感到滿意了。雷蒙表示同意，而且他認為，警察橫加干涉也是白搭，反正那女人已經挨了一頓揍。他還說，他對那些警察了解得很透，知道該怎麼對付他們。他問我，當時我是不是等着他回敬那警察一個耳光。我回答說，當時我並沒有在等甚麼，不過，我從來都不喜歡警察。雷蒙聽了好像很滿意。他問我是否願意和他一道出去走走。我下了床，梳了梳頭。他說我得給他作證。我表示怎麼都行，但我不知道該作證些甚麼。照雷蒙的意思，只需說那個女人冒犯了他就行了。我答應為他提供這樣的證詞。

我們出了門，雷蒙請我喝了一杯白蘭地。後來，他要去打一局台球，我跟着去差一點兒輸了。接着，他又要去逛妓院。我說不，因為我不喜歡。於是，我們慢慢地回去。他對我說把情婦懲罰了一頓，他心裏真高興。他對我很熱情友好，和他相處，我覺得是一段愉快的時光。

隔着老遠，我看見沙拉瑪諾老頭兒站在大門口，神情焦躁。我們走近時，我發現他沒有和他的狗在一起。他正在東張西望，轉來轉去，使勁兒朝黑洞洞的走廊裏看，嘴裏嘟嘟囔囔，語不成句，還睜着那雙小紅眼，仔細朝街上搜索。雷蒙問他怎麼啦，他沒有立即回答。我模糊聽見他低聲罵了一句「壞蛋，髒貨」，神情依然焦躁。我問他狗到哪裏去了，他沒有好氣地回答説牠跑掉了，接着，他卻突然滔滔不絕地説起來：「我像平日一樣，牽着牠去練兵場，那些商販棚子周圍全是人。我停下來看了看《消遣之王》。轉身要走時，狗就不見了。的確，我早就想給牠換一個小一點兒的頸圈，沒有想到這個髒貨這麼早就溜掉了。」

雷蒙對他説，狗可能是迷了路，牠不久就會找回來的。他舉了好幾個例子，説狗能隔十幾公里遠又跑回主人的身邊。雖然聽了這些寬心話，老頭兒卻更為焦急不安了。「可您知道，他們會把牠逮走的，如果有人收養牠就好了，但那是不可能的，牠一身的瘡，人見人厭，警察會逮走牠的，我敢肯定。」於是，我對他説，應該去招領處看看，付點錢就可以把牠領回來。他問我金額高不高。我説不知道。他聽了就發起火來：「為這個髒貨花錢！啊，牠還是去死吧！」接着，他又對那畜生罵將起來。雷蒙直笑，鑽進了樓裏。我也跟着他上樓，我們在樓梯口分了手。過了一會兒，我聽見沙拉瑪諾老頭兒的上樓聲，接着，他敲我的房門。我把門打開，他站在門口説：「對不起，對不起。」我請他進來，但他不肯。他瞧着自己的鞋尖，長滿了瘡痂的手在顫抖着。他沒有看我，問道：「默爾索先生，您說，他們不會把牠逮走吧。他們會把牠還給我的，是吧，否則的話，我怎麼活下去呢？」我對他說，招領處將送去的狗保留三天，等主人去領，三天以後才任意處置。他一言不發地望着我，然後，向我道了一聲「晚安」。他關上自己的房門，我聽見他在房裏走來走去。他的床嘎嘎作響了一下，透過牆壁傳來一陣細細的奇怪的聲音，我聽出來他是在哭。不知道怎麼搞的，這時我突然想起了我媽媽，但是明天早晨我得早起。我不餓，所以沒有吃晚飯就上床睡了。

5

雷蒙往辦公室給我打電話，說他有個朋友曾經聽他說起過我，要邀請我到阿爾及爾附近的海濱木屋去過星期天。我回答說很願意去，但我已經和女朋友約好一起過。雷蒙立即說他那位朋友也請我的女友去。因為那位朋友的妻子一定很高興在一堆男人中有個女伴。

我本想立刻把電話掛掉，原因是我知道老闆不喜歡有人從城裏給我們這些僱員打電話。雷蒙要我等一等，他說他本來可以在晚上向我轉達那位朋友的邀請，但他有別的事要提前告訴我。他今天一直被一幫阿拉伯人釘梢，那幫人中有一個就是他那前姘頭的兄弟。「你今晚回家的時候，如果發現這幫人在我們住處附近活動，你一定要告訴我一聲。」我回答說當然不在話下。

過了一會兒，老闆派人來叫我，這使我有點心煩意亂，因為我以為他又要教訓我少打電話多幹活兒了。其實根本不是這麼回事，他說他要跟我談談一個還很模糊的計劃。他只是想聽聽我對這個問題的意見。他計劃在巴黎設一個辦事處，負責市場業務，直接與那些大公司做生意，他想知道我是否願意被派往那兒去工作。這份差事可以使我生活在巴黎，每年還可以旅行旅行，「你正年輕，我覺得這樣的生活你會喜歡的。」我回答說，的確如此，不過對我來說，實在是可有可無。於是，他就問我是否不大願意改變改變生活，我回答說，人們永遠也無法改變生活，甚麼樣的生活都差不多，而我在這裏的生活並不使我厭煩。老闆顯得有些掃興，他說我經常是答非所問，而且缺乏雄心大志，這對做生意是糟糕的。他說完，我又回去工作了。我本想不掃他的興，但我實在看不出有甚麼理由要改變我的生活。仔細想來，我還算不上是個不幸者。當我唸大學的時候，有過不少這類雄心大志。但當我輟學之後，很快就懂得了，這一切實際上並不重要。

晚上，瑪麗來找我，問我是否願意跟她結婚。我說結不結婚都行，如果她要，我們就結。她又問我是否愛她，我像上次那樣回答了她，說這個問題毫無意義，但可以肯定我並不愛她。「那你為甚麼要娶我？」她反問。我給她解釋說這無關緊要，如果她希望結婚，那我們就結。再說，是她要跟我結婚的，我不過說了一聲同意。她認為結婚是件大事，我回答說：「不。」她沉默了一會兒，無言地瞧着我，然後又說，她只不過是想搞清楚，如果這個建議是來自另一個女人，而我跟她的關係與我跟瑪麗的關係同屬於一種性質，那我會不會接受。我說：「當然會。」於是，她心想自己是不是愛我，而我呢，對此又一無所知。她又沉默了一會兒之後，低聲咕噥說我真是個怪人，她正是因為這點才愛我的，但將來有一天也許會由於同樣的原因而討厭我。我沒有吭聲，無話要補充。她見此，就笑着挽着我的胳臂，說她願意跟我結婚。我回答說，她甚麼時候願意，我們就甚麼時候結。這時，我跟她談起了老闆的建議，瑪麗說她很願意去見識見識巴黎。我告訴她我曾經在那裏住過一段時間，她就問巴黎怎麼樣。我對她說：「很髒。有不少鴿子，有些黑乎乎的院子。人們有白色的皮膚。」

後來，我們出去走了走，逛了全城幾條大街。街上的女人都很漂亮，我問瑪麗她是否注意到了。她說注意到了，還說由此她對我有所了解了。此後片刻，我們倆人都一言不發。但我還是想要她跟我在一起，我對她說我們可以到塞萊斯特那兒去吃晚飯，她說想去，但她有事。於是，在我住處的附近，我對她道了再見。她瞧着我說：「你就不想知道我有甚麼事嗎？」我倒很想知道，但我沒想去問她，對此，她顯出要責怪我的樣子。見我有點尷尬，她又笑了起來，把身子往我面前一靠，給了我一個吻。

我在塞萊斯特的飯館吃晚飯。在我已經吃起來之後，走進來一個怪怪的小個子女人，她問我可不可以坐在我的桌旁。當然可以。她的動作急促而不連貫，兩眼炯炯有光，小小的面孔像圓圓的蘋果。她脫下夾克衫，坐了下來，匆匆地看了看菜譜。她招呼塞萊斯特過來，立刻點了她要的菜，語氣乾脆而又急促。在等主菜前的小吃時，她打開手提包，取出一小塊紙片與一枝鉛筆，提前結算出費用，然後從錢包裏掏出這筆錢，再加上小費，分文不差，全數放在面前。這時，主菜前的小吃端上來了，她狼吞虎嚥，很快就一掃而光。在等下一道菜時，她又從提包裏取出一支藍鉛筆與一份本週的廣播節目雜誌，她仔仔細細把幾乎所有的節目都一一做了記號。因為那本雜誌有十幾頁，所以她整個用餐時間都在做這件事。我已經吃完，她還在專心致志地圈圈點點。不一會兒，她吃完起身，以剛才那樣機械而麻利的動作，穿上夾克衫就走了。我無事可做，也出了飯店，並跟了她一陣子，她在人行道的邊緣上走，步子特別快速而穩健，她徑直往前，頭也不回。終於，她走出了我的視線，我自己也就往回走了。當時，我覺得她一定是個怪人，但這個念頭一過，我很快就把她忘了。

在房門口，我遇見了沙拉瑪諾老頭兒。我請他進去，他告訴我，他的狗的確丟了，因為牠不在招領處。那裏的管理人員對他說，那狗或許是被車軋死了。他問到警察局去是否可以打聽得清楚。人家告訴他説，這類雞毛蒜皮的事是不會有記錄的，因為每天司空見慣。我安慰沙拉瑪諾老頭兒説，他滿可以另外再養一條狗，可是，他提請我注意，他已經習慣跟這條狗在一起了，他這話倒也言之有理。

我蹲在床上，沙拉瑪諾坐在桌子前的一把椅子上。他面對着我，雙手擱在膝蓋上。他戴着他那頂舊氈帽，發黃的小鬍子下，嘴巴在咕噥咕噥，語不成句。我有點兒嫌他煩，不過，此時我無事可做，又沒有睡意，所以沒話找話，就問起他的狗來。他告訴我，自從老婆死後，他就養了那條狗。他結婚相當晚。年輕時，他一直想要弄戲劇，所以在軍隊裏的時候，他是歌舞團的演員。但最後，他卻進了鐵路部門。對此，他不後悔，因為現在他享有一小筆退休金。他和老婆在一起並不幸福，但總的來說，他倆過習慣了。老婆一死，他倒特感孤獨。於是，他便向同事要了一條狗，那時，牠還很小，他得用奶瓶給牠餵食，因為狗比人的壽命短，所以他們就一同都老了。「牠的脾氣很壞，」沙拉瑪諾老頭兒說，「我經常跟牠吵架。不過，牠終歸還是一條好狗。」我說牠是條良種狗，沙拉瑪諾聽了顯得很高興，「您還沒有在牠生病之前見過牠呢，牠那身毛可真漂亮。」自從這狗得了這種皮膚病之後，他每天早晚兩次給牠塗抹藥膏。但是在他看來，牠真正的病是衰老，而衰老是治不好的。

這時，我打了個哈欠，沙拉瑪諾老頭兒說他該走了。我對他說他還可以再待會兒，我對他狗的事感到難過。對此，他謝了謝我。他還說我媽媽很喜歡他的那條狗。說到媽媽，他稱之為「您那可憐的母親」，他想必我在喪母之後一定很痛苦，說到這裏，我沒有吱聲。這時，他急促而不自然地對我說，他知道附近這一帶的人對我頗有非議，只因我把我媽媽送進了養老院，但他了解我的為人，知道我對媽媽的感情很深。我回答說，我對這種非議迄今一無所知。既然我僱不起人去伺候我媽媽，我覺得送她進養老院是很自然的事（當時我為甚麼這麼回答，現在我也說不清）。

我還補充說，「很久以來，她一直跟我無話可說，她一人在家悶得很，到了養老院，至少可以找到伴。」這話不假，沙拉瑪諾也這麼說。然後，他起身告辭，想去睡。現在，他的生活發生了變化，他簡直不知如何是好。他小裏小氣地向我伸出手來，這是我認識他以來他第一次這麼做，我感到他手上有一塊塊硬痂。他微笑了一下，在走出房門之前，說：「我希望今天夜裏外面那些狗不要叫，否則我會以為是我的狗在叫。」

6

星期天，我沉睡得醒不過來，瑪麗不得不叫我、搖晃我，才使我起了床。我倆沒有吃早餐，急於早早去游泳。我感到腹中空空，頭也有點暈。抽起煙來也覺得有一股苦味。瑪麗取笑我，說我「愁眉苦臉」。她穿着一件白色麻布連衣裙，散披着頭髮。我對她說，她很漂亮，她聽了高興得笑了。

在下樓的時候，我們敲了敲雷蒙的房門。他說他正要下去。到了街上，由於我感到疲倦，也由於在屋裏時沒有打開百葉窗，到了街上，光天化日之下強烈的陽光，照在我臉上，就像打了我一個耳光。瑪麗興高采烈，歡蹦亂跳，不停地說天氣真好。我感覺好了一些，我發現我其實是肚子餓了。我把這話告訴瑪麗，她打開她的漆布提包給我看，裏面放了我倆的游泳衣和一條浴巾。我們只要等雷蒙了，我們聽見他鎖門下樓。他穿着藍色的褲子，白色的短袖襯衫，但他戴的一頂扁扁的狹邊草帽，引得瑪麗笑了起來。他露在短袖外的胳臂很白，上面覆蓋着濃黑的汗毛，我看了有點兒不舒服。他一邊下樓一邊吹口哨，看樣子很高興。他對我說：「你好，老兄，」而對瑪麗，他則稱「小姐」。

前一天，我與雷蒙去了警察局，我證明那個女人的確「冒犯了」雷蒙。他只受到了一個警告就沒事了。警局並沒有對我的證詞調查覈實。在門口，我們與雷蒙談了談前一天的事，然後，我們決定去乘公共汽車。海灘並不很遠，如果乘車去會到得更快。雷蒙認為，他那位朋友見我們早早就到了必定很高興。我們正要動身，雷蒙突然做了個手勢，要我看看對面的街上。我看見有一夥阿拉伯人正在煙舖櫥窗前站着。他們冷冷地盯着我們，不過他們看人的方式總是這個樣子，就像被看的是石頭、是枯樹。雷蒙告訴我，左起第二人就是他說起過的那個傢伙。這時，他好像憂心忡忡。但他接着又說，過去的那件事，現在已經了結了。瑪麗不大明白我們在談甚麼，就問我們是怎麼回事。我告訴她這夥阿拉伯人恨雷蒙。她要我們馬上就離開。雷蒙挺了挺身子，笑着說是該趕緊離開了。

我們朝汽車站走去，車站離我們有相當遠一段距離。雷蒙告訴我，阿拉伯人並沒有跟着我們，我回頭看了看，果然他們還待在原地未動，仍然冷冷地瞧着我們剛剛離開的那個地方。我們乘上了汽車，雷蒙頓時放鬆下來，不斷跟瑪麗開玩笑。我感覺得出來，他喜歡瑪麗，但瑪麗幾乎不答理他。時不時，她笑笑瞧着他。

我們在阿爾及爾郊區下了車。海灘離汽車站不遠，但必須經過一片俯臨大海、面積甚小的高地，由此沿坡而下，直達海灘。高地上滿是發黃的石頭與雪白的阿福花，襯托着藍得耀眼的天空。瑪麗掄着漆布提包，在空中劃圈，自得其樂。我們穿過一幢幢小型的別墅，這些別墅的柵欄或者是綠色，或者是白色，有些幢連同自己的陽台，隱沒在桎柳叢中，有些幢則光禿禿地兀立在一片片石頭之間。快到高地邊上時，就已經能望到平靜的大海了，還有更遠處的一岬角，它正似睡非睡地橫躺在清亮的海水裏。一陣輕微的馬達聲從寂靜的空中傳到我們的耳際，遠遠的，我們看見耀眼的海面上，有一艘小小的拖網漁船緩慢駛來，慢得像是一動也沒有動。瑪麗採了幾朵鳶尾花。我們順坡而下，到了海邊，看見已經有幾個人在游泳了。

雷蒙的那位朋友住在海灘盡頭的一座小木屋裏。木屋背靠懸崖，前面支撐着屋子的樁柱則浸於海水之中。雷蒙將我們雙方作了介紹。他那位朋友名叫馬松，是個高高大大的漢子，腰粗膀壯，他的女人身材矮小，胖鼓鼓的，和善可親，講話巴黎口音。馬松立刻要我們不必客氣，說他這天早晨捕了一些魚，已經油炸好了。我對他說，他的房屋真是漂亮得很。他告訴我，星期六、星期天，還有所有的假日，他都上這裏來過，又說：「跟我的妻子，你們會合得來的。」確實不錯，他妻子跟瑪麗已經在說說笑笑了。這時，我萌生出要結婚的念頭，這也許是我生平的第一次。

馬松想去游泳，但他妻子與雷蒙不想去。我們三人走下海灘，瑪麗立即就跳進水裏。馬松與我，稍為耽擱了一會兒。他說起話來慢吞吞的，而且，不論說甚麼，都要在前面加一句「我甚至還要說」，其實，他並沒有補充甚麼新意。談到瑪麗，他對我說：「她真了不起，我甚至還要說，真是可愛。」接下來，我就不去注意他那句口頭語了，一心在享受陽光曬在身上的舒適感。沙子開始燙腳了。我真想下水去，卻又繼續將就了他一會兒，最後對他說「咱們下水吧」，就一頭扎進了水裏。他也慢慢地走進海水，直到站不住了，才鑽了進去。他游的是蛙式，游得相當糟。我只好扔下他去追瑪麗。海水清涼，游起來很舒服。我與瑪麗雙雙游遠了，我倆動作協調，心氣合拍，共享着同一份酣暢。

到了寬闊的海面，我們仰浮在水上，我的臉朝着天空，微波如輕紗拂面，使嘴裏流進了海水，而襲襲面紗又一一被陽光撩開。我們看見馬松游回海灘，躺下曬太陽。遠遠望去，他儼然一龐然大物。瑪麗想和我摟在一起游，我就從她身後抱着她的腰，她在前面用胳臂使勁划水，我在後面用腳打水，鼎力相助，輕輕的水聲不絕於耳，直到我覺得累了。於是，我放開瑪麗，往回遊去，姿勢恢復了正常，呼吸也就自如了。在海灘上，我俯臥在馬松旁邊，把臉捂在沙裏。我對他說：「真舒服。」他表示同意。不一會兒，瑪麗也上岸了。我翻過身來，瞧着她走近。她渾身海水淋淋，長髮甩在後面。她緊挨着我躺下，她的體溫與陽光的熱氣，使得我昏昏入睡了。

瑪麗推醒我，告訴我馬松已經回去，該是吃午飯的時候了。我立即站起來，因為我餓了，但瑪麗提醒我，今天我還沒有吻過她呢。這是實情，不過，我一直是想吻她的。「來，到水裏去。」她對我說。我們朝海水跑去，迎着細浪就游了起來。我們蛙泳了幾下子，她緊貼着我，我感到她的大腿蹭着我的大腿，這時我想佔有她。

當我們回木屋的時候，馬松已經在喊我們了。我說我很餓。他立刻向他妻子表示，他喜歡我這麼不講客氣。麵包香脆可口，我狼吞虎嚥，把自己的那份魚也吃個精光。接着上桌的還有肉與炸土豆。我們一聲不吭地吃着。馬松不斷地喝酒，還老倒給我喝。用咖啡的時候，我的頭有點昏昏沉沉了，因此，我抽了好多煙。馬松、雷蒙和我，合計八月份再來海邊一起度假，費用由大家分擔。瑪麗忽然對我們說：「你們知道現在幾點鐘嗎？才十一點半呢。」我們都有些詫異，但馬松說，我們的午飯吃得太早了，不過，這也很自然，肚子餓的時候，也就是該吃飯的時候。我不知道為甚麼，瑪麗聽了這話竟笑了起來。現在想來，當時她是喝多了一點兒。馬松這時問我是否願意跟他一道去海邊散散步。「我妻子每天午飯後都要睡午覺，而我，我不喜歡午覺，我得活動活動。我總跟她說，這對健康有好處。不過，要睡，是她的權利。」瑪麗說她要留下來幫馬松太太刷盤子。那個矮個子巴黎女人說，要刷盤子，就得把男人都趕出去。於是，我們三個爺們兒就走了。

太陽幾乎是直射在沙灘上，它照在海面上的強烈反光叫人睜不開眼睛。海灘上一個人也沒有。散落在高地邊緣、俯臨着大海的那些木屋裏，傳出一陣陣刀叉盤碟的聲音。石頭的熱氣從地面冒起，叫人喘不過氣來。開始，雷蒙與馬松談了一些我不認識的人與事。由此我才知道他們兩人相識已經很久，而且，有一段時期還住在一起。我們朝水面走去，然後沿海邊漫步。有時，層層海浪捲來，把我們的帆布鞋也打濕了。我甚麼也不想，因為我沒有戴帽子，太陽曬得我昏昏欲睡。

這時，雷蒙跟馬松說了點兒甚麼，我沒有聽清楚，但就在此時，我看見海灘盡頭，離我們遠遠的，有兩個穿鍋爐工藍制服的阿拉伯人，正朝我們這邊走來，我看了雷蒙一眼，他對我說：「就是他。」我們繼續往前走。馬松問道，他們怎麼會跟蹤到這裏來的。我猜想他們大概是看見我們上了公共汽車，手裏還拿着去海灘游泳用的提包，但我甚麼也沒有說。

阿拉伯人慢慢向前走來，他們已經大大逼近我們了。我們仍不動聲色，但雷蒙發話了：「如果打起來，你，馬松，你對付第二個傢伙，我收拾我那個對頭。如果再來一個傢伙，默爾索，那由你包了。」我應了一聲：「行。」馬松則把雙手插進衣袋裏。這時我覺得滾燙的沙子就像是燒紅了。我們步伐一致地朝阿拉伯人走去。雙方的距離愈來愈近。當我們離對方只有幾步的時候，阿拉伯人停下來，不再往前走。馬松與我也放慢了腳步。雷蒙則直奔他的那個對頭。我沒有聽清他朝那人說了句甚麼，但見那人擺出一副不買賬的樣子。於是，雷蒙先發制人，出手一拳，同時還招呼馬松動手。馬松也向派給他的那個對象撲上去，重重地給了那人兩拳。那人被打進水裏，頭朝下栽，好幾秒鐘沒有動靜，只見腦袋周圍有一些氣泡冒出水面，又很快消失。這時，雷蒙也把他那個對象打得滿臉是血。他轉身對我說了一句：「你盯住他的手會掏甚麼傢伙，」我朝他喊道：「小心，他有刀！」說時遲，那時快，雷蒙的胳臂已給劃開了口，嘴巴上也挨了一刀。

馬松向前一跳。被他打的那個阿拉伯人已經站立起來，退在手裏拿刀的傢伙身後。我們不敢動了。對方慢慢後撤，仍然緊盯着我們，靠那把刀造成威懾。當他們看到自己已經退得相當遠了，扭頭飛快就逃，而我們則仍在太陽下原地未動，雷蒙用手按着他流血不止的胳臂。

見此，馬松說，正好有一個來這兒過星期天的大夫，就住在高坡上。雷蒙想立即就去找那大夫。但他一張口說話，嘴上的傷口就冒出血泡。我們攙扶着他，很快地回到了木屋。雷蒙說，他只傷着了皮肉，能夠走去找醫生。在馬松的陪同下，他走了。我留下來把打架的經過講給兩位婦女聽。馬松太太聽後嚇哭了，瑪麗也臉色煞白。給她們講這樁事真叫我煩，講着講着，我就不吭聲了，望着大海，抽起煙來。

將近一點半鐘，雷蒙與馬松回來了。他胳臂上纏着繃帶，嘴角貼着橡皮膏。大夫說小傷算不了甚麼，但雷蒙的臉色很陰沉。馬松試着逗他笑，他仍然一聲不吭。後來，他說要到海灘上去，我就問他要去海灘甚麼地方。他說只想去透透空氣。馬松與我都說要陪他去，他聽了就發起火來，把我們罵了一通。馬松說還是別惹他生氣吧。即便如此，我仍陪着他出去了。

我和他在海灘上走了很久。陽光炙熱難耐，它照射在沙礫與海面上，金光閃爍。我隱約感到雷蒙知道要奔哪兒去，但這肯定是我的錯覺。在海灘遠遠的盡頭，看見有一眼泉水在一塊大岩石後面的沙地上流淌。正是在那兒，我們又碰見交過手的那兩個阿拉伯人。他們穿着油污的藍色工裝躺在地上。他們的樣子看來很平靜，甚至很高興。我們的出現並未驚動他們，那個傷了雷蒙的傢伙只是一聲不吭地盯着他。另一個傢伙則一邊用眼角瞟着我們，一邊不停地吹一小截蘆葦管，那玩意只能發出三個單音，重複來重複去的。

此時此刻此地，只有陽光與寂靜，伴隨着泉水的淙淙聲與蘆葦管的三個單音。雷蒙的手伸進口袋去摸槍，但他那個對頭並沒有動，他倆一直對視着。我則注意到吹蘆葦的那小子的腳趾大大地叉開着。雷蒙緊盯着對手的眼睛，問我：「我要不要把他崩了？」我想如果我說不，他反而會心裏惱火，非開槍不可。我只是說，「他還沒有向你表示甚麼，這時向他開槍不妥。」在周圍一片靜寂與酷熱之中，還聽得見泉水聲與蘆葦聲。雷蒙說，「那麼，我先罵他，他一還口，我就把他崩了。」我說：「就這麼辦吧，但只要他不掏出刀子，你就不能開槍。」雷蒙開始有點兒發火了。一個阿拉伯人仍在吹蘆葦管，他們兩人都緊盯着雷蒙的一舉一動。我對雷蒙說：「不行，還是一個對一個，空手對空手，你先把手槍給我，如果他們兩個打你一下，或者那個傢伙把刀掏出來，我就替你把他崩掉。」

雷蒙把他的槍遞給了我。陽光在槍上一閃。不過，雙方都原地不動地站着，似乎周圍的一切已把人嚴封密扎了起來。每一方都眼皮不眨，緊盯對手，在這裏，大海、沙岸、陽光之間的一切彷彿都凝固不動，泉水聲與蘆葦聲似乎也聽不見了。這時，我思忖着，我既可以開槍，也可以不開槍。但是，突然間，兩個阿拉伯人往後倒退，很快就溜到大岩石後面去了。於是，雷蒙和我也掉頭往回撤。他顯得高興了些，還談起回城去的公共汽車。

我一直陪伴着他回到木屋，他登上木台階的時候，我卻在最低一級的前面站住了。我腦袋已被太陽曬得嗡嗡作響，一想到還要費勁地爬上台階，然後又要去跟兩位婦女周旋，心裏就洩氣了。但是天氣酷熱，刺眼的陽光像大雨一樣從空中灑落而下，即使站在那裏一動不動，我也感到很難受。待在原地或者到別處走走，反正都是一樣。稍過了一會兒，我轉身向海灘走去。

海灘上也是火熱的陽光。大海在急速而憋悶地喘息着，層層細浪拍擊着沙岸。我漫步走向那片岩石，感到腦袋在太陽照射下膨脹起來了。周圍的酷熱都聚焦在我的身上，叫我舉步維艱。每一陣熱風撲面而來，我就要咬緊牙關，攥緊褲口袋裏的拳頭，全身繃緊，為的是能戰勝太陽與它傾瀉給我的那種昏昏然的迷幻感。從沙礫上、從白色貝殼上、從玻璃碎片上，投射出來的反光像一道道利劍，刺得我睜不開眼，不得不牙關緊縮。就這樣我走了好久。

我從遠處看見那一小堆黑色的岩石，陽光與海上的塵霧在它周圍籠罩着一層耀眼的光暈。我一心想着岩石後那清冽的泉水。我挺想再聽聽泉水的潺潺聲，挺想逃避太陽的炙烤與步行的勞頓，離木屋裏婦女的哭泣遠遠的，得到一片陰涼的地方，好好休息休息。但當我走近時，卻發現雷蒙的那個對頭又已經回到那裏了。

他只一個人。仰面躺着，雙手枕在腦後，面孔隱在岩石的陰影中，身子露在太陽下。他藍色的工人裝被曬得直冒熱氣。我頗感意外。對於我來說，剛才打架的事已經了結，我後來就沒有把它再放在心上。

他一看見我，稍稍欠起身來，把手伸進口袋。我呢，自然而然就緊握着衣兜裏雷蒙的那把手槍。這時，那人又恢復原狀躺下去，但仍把手放在口袋裏。我離他還相當遠，約有十來米。我隱約看見他的目光不時在細瞇的眼皮底下一閃一閃。但更多的時候，我感到他的面孔在眼前一片燃燒的熱氣中跳動。海浪的聲音更加有氣無力，比中午的時候更為沉穩。太陽依舊，光焰依舊，一直延伸到跟前的沙灘依舊。已經有兩個鐘頭了，白晝紋絲未動，已經有兩個鐘頭了，白晝在沸騰着的金屬海洋中拋下了錨。在天邊，有一艘小輪船駛過，在我視野的邊緣，我覺得它像是一個黑點，因為我一直正眼緊盯着那個阿拉伯人。

我想，我只要轉身一走，就會萬事大吉了。但整個海灘因陽光的暴曬而顫動，在我身後進行擠壓。我朝水泉邁了幾步，那個阿拉伯人沒有反應。不管怎麼說，我離他還相當遠。也許是因為他臉上罩有陰影，看起來他是在笑。我等他作進一步反應。太陽曬得我臉頰發燙，我覺得眉頭上已聚滿了汗珠。這太陽和我安葬媽媽那天的太陽一樣，我的頭也像那天一樣難受，皮膚底下的血管都在一齊跳動。這種灼熱實在叫我受不了，我又往前走了一步。我意識到這樣做很蠢，挪這麼一步無助於避開太陽。但我偏偏又向前邁出一步。這一下，那阿拉伯人並未起身，卻抽出了刀子，在陽光下對準了我。刀刃閃閃發光，我覺得就像有一把耀眼的長劍直逼腦門。這時聚集在眉頭的汗珠，一股腦兒流到眼皮上，給眼睛蒙上了一層溫熱、稠厚的水幕。

在汗水的遮擋下，我的視線一片模糊。我只覺得太陽像鐃鈸一樣壓在我頭上，那把刀閃亮的鋒芒總是隱隱約約威逼着我。灼熱的刀尖刺穿我的睫毛，戳得我的兩眼發痛。此時此刻，天旋地轉。大海吐出了一大口氣，沉重而熾熱。我覺得天門大開，天火傾瀉而下。我全身緊繃，手裏緊握着那把槍。扳機扣動了，我手觸光滑的槍托，那一瞬間，猛然一聲震耳欲聾的巨響，一切從這時開始了。我把汗水與陽光全都抖掉了。我意識到我打破了這一天的平衡，打破了海灘上不尋常的寂靜，在這種平衡與寂靜中，我原本是幸福自在的。接着，我又對準那具屍體開了四槍，子彈打進去，沒有顯露出甚麼，這就像我在苦難之門上急促地叩了四下。

第二部

1

我被捕之後，立即就被審訊了好幾次。但都是關於身份問題之類的訊問，時間都不長。頭一次是在警察局，我的案子似乎沒有引起任何人的興趣。過了八天，預審法官來了，他倒是好奇地打量了我一番。但作為開場白，他只詢問了我的姓名、住址、職業、出生年月與出生地點。然後，他問我是否找了律師。我說沒有，我問他是否一定要找一個才行。「您為甚麼這麼問？」他說。我回答說，我覺得我的案子很簡單。他微笑着說：「您這是一種看法，但是，法律是另一回事。如果您自己不找律師，我們就指派一位給您。」我覺得司法部門還管這類細枝末節的事，真叫人感到再方便不過。我把自己的這個看法告訴了這位法官，他表示贊同，並認為法律的確制定得很完善。

開始，我並沒有認真對待他。他是在一間掛着窗簾的房間裏接待我的，他的桌子上只有一盞燈，照亮了他讓我坐下的那把椅子，而他自己卻坐在陰影中。我過去在一些書裏讀到過類似的描寫，在我看來，這些司法程序都是一場遊戲。在我們進行談話後，我端詳了他一番，我看清楚他是一個面目清秀的人，藍色的眼睛深陷在鼻樑旁，身材高大，蓄着長長的灰色唇髭，頭髮濃密，幾乎全都白了。我覺得他很通情達理，和藹可親，雖然臉上不時有神經性的抽搐扯動他的嘴巴。走出房間的時候，我甚至想去跟他握手，但我馬上想起了我是殺過人的罪犯。

第二天，有位律師來獄中探視我。他矮矮胖胖，相當年輕，頭髮梳得整整齊齊。天氣很熱，我沒有穿外衣，他卻穿着深色的套裝，襯衣的領子硬硬的，繫着一根怪怪的領帶，上面有黑白兩色的粗條紋。他把夾在胳臂下的公文包放在我的床上，作了自我介紹，說他已經研究了我的案卷。我的案子很棘手，但如果我信任他的話，他有勝訴的把握。我向他表示感謝，他說：「現在咱們言歸正傳吧。」

他在我的床上坐下，對我說，他們已經調查了我的個人生活，知道我媽媽前不久死在養老院。他們專程到馬朗戈做過調查，預審推事們了解到我在媽媽下葬的那天「表現得無動於衷」。這位律師對我說：「請您理解，我實在不便啓齒詢問此事，但事關重要。如果我做不出甚麼解釋的話，這將成為起訴您的一條重要依據。」他要我幫他了解當天的情況。他問我，當時我心裏是否難過。他這個問題使我感到很驚訝，我覺得假若是我在問對方這個問題的話，我會感到很尷尬的。但是，我卻回答說，我已經不習慣對過去進行回想了，因此很難向他提供情況。毫無疑問，我很愛媽媽，但這並不說明甚麼。所有身心健康的人，都或多或少設想期待過自己所愛的人的死亡。我說到這裏，律師打斷我的話，並顯得很焦躁不安。他要我保證不在法庭上說這句話，也不在預審法官那裏說。我卻向他解釋說，我有一個天性，就是我生理上的需要常常干擾我的感情。安葬媽媽的那天，我又疲勞又發睏，因此，我沒有體會到當時所發生的事情的意義。我可以絕對肯定地說，我是不願意媽媽死去的。但我的律師聽了此話並不顯得高興。他對我說：「僅這麼說是不夠的。」

他考慮了一下。他問我他是否可以說那天我是控制住了自己悲痛的心情。我對他說：「不，因為這是假話。」他以一種古怪的方式看了我一眼，好像是我有點兒使他感到厭惡了。他幾乎是不懷好意地對我說，無論如何，養老院的院長與有關人員，將作為證人陳述當時情況，那將會使我「極為難堪」。我提醒他注意，安葬那天的事與我的犯案毫無關係。但他只回答說，顯而易見的是我從未與司法打過交道。

他很生氣地走了。我真想叫他別走，向他解釋我希望得到他的同情，而並非他的強硬辯護，如果我可以說的話，也就是自然而然、通情達理的辯護。特別是，我看出了我已經使他感到很不自在。他沒有理解我，他對我有點反感。我挺想向他說明，我和大家一樣，絕對和大家一樣。但是，說這些話，實際上沒有多大用處，而且，我也懶得去費口舌。

過了不久，我又被帶到預審法官面前。當時是下午兩點鐘，這一次，他的辦公室亮亮堂堂的，只有一層紗簾掛在窗口。天氣很熱。他要我坐下，很彬彬有禮地告訴我，我的律師因為「臨時不湊巧」而不能來，但我有權對他提出的問題保持沉默，等我的律師將來在場時再回答。我對他說，我可以單獨回答。他用手指按了按桌子的一個電鈕。一個年輕的書記員進來了，幾乎就在我的背後坐下。

我與預審法官都端坐在自己的椅子上。訊問開始了。他首先說人家把我描繪成一個性格孤僻、沉默寡言的人，他想知道我對此有何看法。我回答說：「這是因為我從來沒有甚麼值得一說的，於是我就不說。」他像上次那樣笑了笑，承認這是最好的理由，馬上，他又補充了一句：「不過，這事無關緊要。」他沉默了一下，看了看我，然後，有點突如其來，把身子一挺，快速地說了一句：「我感興趣的，是您本人。」我不太明白他這句話是甚麼意思，也就沒有回答。他又接着說：「在您的行為中，有些事情叫我搞不明白。我相信您會幫助我來理解。」我說其實所有的事情都很簡單。他要我把那天槍殺的事情再覆述覆述。我就把上次曾經給他講過的過程又講了一遍：雷蒙，海灘，游泳，打架，又是海灘，小水泉，太陽以及開了五槍。

我每講一句，他都說：「好，好。」當我說到躺在地上的屍體時，他表示確認說：「很好。」而我呢，這麼一個老故事又重複來重複去，真叫我煩透了，我覺得我從來沒有說過這麼多的話。

他沉默了一會兒，站起來對我說，他願意幫助我，說他對我感興趣，如果上帝開恩的話，他一定能為我做點甚麼。不過，在這樣做之前，他還想向我提幾個問題。沒有繞彎子，他直接了當問我愛不愛媽媽。我說：「愛，跟常人一樣。」書記員一直很有節奏地在打字，這時大概是按錯鍵盤，因而有點慌亂，不得不退回去重來。預審法官的提問看起來並無邏輯聯繫，他又問我，我那五槍是否是連續射出的，我想了想，斷定先是開了一槍，幾秒後，又開了四槍。對此，他問道：「您為甚麼在第一槍之後，停了一停才開第二槍？」這時，那一天火紅的海灘又一次顯現在我眼前，我似乎又感到自己的額頭正被太陽炙烤着。但這一次我甚麼也沒有回答。接下來是一陣沉寂，預審法官顯得煩躁不安，他坐下去，搔了搔頭髮，把胳臂支在桌子上，微微向我俯身過來，神情古怪地問：「為甚麼，為甚麼您還向一個死人身上開槍呢？」對這個問題，我不知如何回答。預審法官雙手放在額頭上，又重複了他的問題，聲音有點兒異樣了：「為甚麼，您得告訴我，究竟是為甚麼？」我一直沉默不語。

突然，他站起來，大步走到辦公室的盡頭，拉開檔案櫃的一個抽屜，取出一個銀十字架，一邊朝我走，一邊晃動着十字架。他的聲音完全變了，幾乎在顫抖了，他大聲嚷道：「您認得這個嗎？我手裏的這個。」「認得，當然認得。」於是，他急促而充滿了激情地說他是相信上帝的，他的信念是，任何人的罪孽再深重，也不至於得不到上帝的寬恕。但是，為了得到上帝的寬恕，他就得悔過，變得像孩子那樣心靈純淨，無保留地接受神意。他整個身子都俯在桌上，幾乎就在我的頭上晃動着十字架。說老實話，他的這番論證，我真難以跟上，首先是因為我感到很熱，又因為他這間房子裏有幾隻大蒼蠅正落在我臉上，還因為他使我感到有點可怕。與此同時，我覺得他的論證也是可笑的，因為不論怎麼說，罪犯畢竟是我。但他仍在滔滔不絕。終於我差不多聽明白了，那就是，在他看來，我的供詞中只有一點不清楚：為甚麼我等了一下才開第二槍。其實一切都很明白，只有這一點，他一直沒有……沒有搞懂。

我正要對他說，他講的這點並不那麼重要，他如此鑽牛角尖實在沒有道理。但他打斷了我，挺直了身子，又一次對我進行說教，問我是否信仰上帝。我回答說不相信，他憤怒地坐下。他反駁我說這是不可能的，所有的人都信仰上帝，甚至那些背叛了上帝的人也信仰。這就是他的信念，如果他對此也持懷疑態度的話，那麼他的生活也就失去意義了。他嚷道：「您難道要使我的生活失去意義嗎？」在我看來，這是他自己的事，與我無關。我把這話對他說了。但他已經越過桌子把刻着基督受難像的十字架杵到我眼皮底下，瘋狂地叫喊道：「我，我是基督徒，我祈求基督寬恕你的過錯，你怎麼能不相信他是為你而上十字架的？」我清楚地注意到他已經稱呼我為「你」，而不是「您」了，但我對他的一套已經膩煩了。房間裏愈來愈熱。像往常那樣，當我聽某個人說話聽煩了，想要擺脫他時，就裝出欣然同意的樣子。出乎我的意料，他竟以為自己大獲全勝，得意揚揚起來：「你瞧，你瞧，你現在不是也信上帝了？你是不是要把真話告訴他啦？」我又一次說了聲「不」。他頹然往椅子上一倒。

他顯得很疲倦，待了好一會兒沒有吭聲。打字機一直緊追我們的對話，這時還在打那最後的幾句。他全神貫注地盯着我，帶點兒傷心的神情，低聲說：「我從沒有見過像您這樣冥頑不化的靈魂，所有來到我面前的犯人，見了這個十字架，都會痛哭流涕。」我正想回答說，這正是因為他們都是罪犯，但我立刻想到我也跟他們一樣。罪犯這個念頭，我一直還習慣不了。法官站起身來，好像是告訴我審訊已經結束。他的樣子顯得有點兒厭倦，只是問我是否對自己的犯案感到悔恨，我沉思了一下，回答說與其說是真正的悔恨，不如說我感到某種厭煩。當時我覺得他並沒有聽懂我這句話。不過，談話沒有再繼續下去，這天的事情就到此為止了。

在此之後，我經常見到預審法官，只不過，每次都由我的律師陪同。他們限於要我對過去重述過的內容的某些地方再加以確認，或者是預審法官與我的律師討論對我的控告罪名。但在這些時候，他們實際上根本就不管我了。反正是，漸漸地，這類審訊的調子改變了。預審法官似乎不再對我感興趣，已經以某些方式把我的案子歸類入檔了。他不再跟我談上帝，我再也沒有見過他像第一天那麼激動過。結果，我們的交談變得較為親切誠摯了。提幾個問題，稍微與我的律師談談，一次次審訊就這麼了事。照預審法官的說法，我的案子一直在正常進行。有幾次，當他們談一般性問題的時候，還讓我也參加議論。我開始鬆了一口氣。在這些時候，沒有人對我不好。一切都進行得很自然，有條不紊，恰如其分，甚至使我產生了「親如一家」這種滑稽的感覺。預審持續了十一個月，我可以說，使我頗感驚奇的是，有那麼不多的幾次竟是我生平以來最叫我高興的事：每次，預審法官都把我送到他的辦公室門口，拍拍我的肩膀，親切地說：「今天就進行到這裏吧，反基督先生。」然後讓法警把我帶走。

2

有一些事情我從來是不喜歡談的。自從我進了監獄，沒過幾天我就知道將來我不會喜歡談及我這一段生活。

過了些時候，我覺得對此段生活有無反感並不重要。實際上，在開始的幾天，我並不像是真正在坐牢，倒像是在模模糊糊等待生活中某個新的事件。直到瑪麗頭一次、也是最後一次來探視我之後，監獄生活的一切才正式開始。那時我收到她一封信，她在信裏告訴我，當局不允許她再來探視我，因為她不是我的妻子。從這天起，我才感受到我是關在監獄裏，我的正常生活已經一去不復返了。我被捕的那天，先被關在一個已經有幾個囚犯的牢房裏，他們多數是阿拉伯人，看見我進來都笑了，接着就問我犯了甚麼事。我說我殺了一個阿拉伯人，他們一聽就不再吭聲了。但過了一會兒，天黑了，他們又向我說明如何鋪睡覺用的席子，把一頭捲起來，就可以當作一個長枕頭。整整一夜，臭蟲在我臉上爬來爬去。過了幾天，我被隔離在一間單身牢房裏，有一張木板床，還有一個木制馬桶與一個鐵質臉盆。這座監獄建在本城的高地上，通過一扇小窗，可以望見大海。有一天，我正抓住鐵柵欄，臉朝着有光亮的地方，一個看守走進來，對我說有一位女士來探視我。我猜是瑪麗，果然就是她。

要到探視室去，得穿過一條長長的通道，上一段階梯，再穿過一條通道。我走進一個明亮的大廳，充足的光線從一扇寬大的窗口投射進來。兩道大鐵欄桿橫着把大廳截成了三段，兩道鐵欄桿之間有八到十米的距離，將探監者與囚犯隔開。我看見瑪麗就在我的對面，穿着帶條紋的連衣裙，臉曬成了棕褐色。跟我站在一排的，有十來個囚徒，大多是阿拉伯人。瑪麗的旁邊全是摩爾人，緊靠着的兩人，一個是身材矮小的老太太，她身穿黑衣，嘴唇緊閉，另一個是沒戴帽子的胖女人，她說起話來指手畫腳，嗓門兒很大。因為鐵欄桿之間隔着一大段距離，探監者與囚徒都不得不提高嗓音對話。我一走進大廳，就聽見一大片嗡鳴聲在高大光禿的四壁之間迴盪，強烈的陽光從天空傾瀉到玻璃窗上，再反射到大廳裏，這一切都使我感到頭昏眼花。我的單身牢房又寂靜又陰暗，來到大廳裏，得有好一會兒才能適應。最後，我終於看清了顯現在光亮中的每一張臉孔。我注意到有一個看守坐在兩道鐵欄桿之間隔離帶的盡頭。大部份阿拉伯囚徒與他們的家人，都面對面地蹲着。這些人都不大叫大嚷。雖然大廳裏一片嘈雜聲，他們仍然低聲對話而能彼此聽見。他們沉悶的低語聲從底下往上升起，匯入在他們的頭上迴盪的對話聲浪，構成了一個延綿不斷的低音部。所有這一切，都是我朝瑪麗走去時敏鋭注意到的。這時，她已經緊貼在鐵欄桿上，努力朝我微笑。我覺得她很美，但我不知道如何向她表達出這個心意。

「怎麼樣？」她大聲問我。

「就這個樣子。」

「身體好嗎？需要的東西都有嗎？」

「好，都有。」

我倆一時無語，瑪麗始終在微笑着。那個胖女人一直對着我旁邊的一個人高聲大叫，那人肯定是她的丈夫，他個子高大，頭髮金黃色，目光坦誠。他們的對話早已開始，我聽到的只是一個片段：

「讓娜不願意要他！」那女人扯開嗓子嚷嚷。

「我知道，我知道！」那男人説。

「我對她說你出來後會再僱他的，她還是不願意要他。」

瑪麗也高聲告訴我雷蒙向我問好，我答了聲：「謝謝。」但我的聲音被我旁邊那個男人蓋過了，他在大聲問道：「他近來可好？」他的女人笑着回答說：「他的身體從來沒有現在這麼好過。」我左邊的是一個小個子的年輕人，他有一雙纖細的手，他一直沉默不語。我注意到他的對面是一個小個子老太太，他們兩人非常專注地相視着。但這時，我沒有工夫再去觀察他們了，因為瑪麗在高聲對我喊，要我抱有希望。我說了聲「對」，同時，我定睛望着她，真想隔着裙子摟住她的肩膀，真想撫摩她身上細軟的衣料，我沒有明確意識到，除此之外我還該抱有甚麼其他的希望。但這一點肯定也是瑪麗剛才所要表達的意思，因為她一直在向我微笑。我只看着她發亮的牙齒與她笑瞇瞇的眼睛，她又喊道：「你會出來的，你一出來，我們就結婚。」我回答說：「你相信嗎？」我這不過是沒話找話而已。她於是急促而高聲地說她相信，她相信我將被釋放，我們還將一同去游泳。旁邊那個女人又吼叫起來，說她有個籃子遺放在法院的書記室裏，說籃子裏放了哪些哪些東西，她得去清點查對一下，因為那些東西都很貴。另一旁的那個青年和他母親兩人仍相視無語。阿拉伯人仍蹲在地上繼續低聲交談。大廳外的陽光似乎愈來愈強，照射在窗戶上閃閃發亮。

我一直感到有點兒不舒服，真想離開大廳。噪聲使人難受。但另一方面，我又挺想和瑪麗多待一陣子。我不知道過了多少時間，瑪麗對我講她的工作，她一直不斷地微笑着。低語聲、喊叫聲、談話聲混成一片。只有我身旁的小個子青年與他母親之間，仍是無聲無息，就像孤立於喧囂海洋中的一個寂靜的小島。漸漸地，阿拉伯人都被帶走了。第一個人一帶走，其他的人就都不做聲了。那小個子老太太靠近鐵欄桿，這時，一個看守向她兒子做了個手勢，他說了聲：「再見，媽媽！」那老太太把手伸進兩道欄桿之間，向兒子輕輕擺了擺手，動作緩慢。

老太太一出大廳，立刻就進來了一個手裏拿着帽子的男人，補替她留下來的空位，看守則又帶進另一個囚犯。這兩人開始熱烈交談，但壓低了聲音，因為大廳已經安靜下來了。看守又過來領走我右邊的那個男人，他的老婆仍然扯着嗓子對他說話，全然沒有注意到此時已經用不着提高嗓門兒了，她叫道：「好好照顧你自己，小心！」接下來就該輪到我了，瑪麗做出吻我的姿勢。我在走出大廳之前又回過頭去看她，她站着未動，臉孔緊緊貼在鐵欄桿上，仍然帶着那個強顏的微笑。

就在這次見面之後不久，她給我寫了那封信。從收到這封信起，那些我從來也不喜歡談及的事情也就開始了。不論怎麼說，談這些事不該有任何誇大，我要做到這一點倒要比做別的事容易。在入獄之初，最叫我痛苦難受的是我還有自由人意識。例如，我想到海灘上去，想朝大海走去，想像最先衝到我腳下的海浪的聲響，想像身體跳進海水時的解脫感，這時，卻突然意識到自己是禁閉在牢房的四壁之中。但這種不適應感只持續了幾個月，然後，我就只有囚犯意識了。我期待着每天在院子裏放風或者律師來和我晤談。其餘的時間，我也安排得很好。我常想，如果要我住在一棵枯樹的樹幹裏，甚麼事都不能做，只能抬頭望望天空的流雲，日復一日，我逐漸也會習慣的，我會等待着鳥兒陣陣飛起，雲彩聚散飄忽，就像我在牢房裏等着我的律師戴着奇特的領帶出現，或者就像我在自由的日子裏耐心地等到星期六而去擁抱瑪麗的肉體。更何況，認真一想，我並沒有落到在枯樹幹裏度日的地步。比我更不幸的人還多着呢，不過，這是媽媽的思維方式，她常這麼自寬自解，說到頭來人甚麼都能習慣。

而且，一般來說，我還沒有到此程度。頭幾個月的確很艱難，但我所做出的努力使我渡過了難關。例如，我老想女人，想得很苦。這很自然，我還年輕嘛。我從來都不特別想瑪麗，但我想某一個女人、想某一些女人、想我曾經認識的女人、想我愛過她們的種種情況，想得那麼厲害，以至我的牢房裏都充滿了她們的形象，到處都萌動着我的性慾。從某種意義上來說，這使得我精神騷動不安，從另一種意義上說，卻又幫我消磨了時間。我終於贏得了看守長的同情，每天開飯的時候，他都與廚房的工友一道進來，正是他首先跟我談起了女人。他對我說，這是其他囚犯也經常抱怨的頭一件大事。我對他說我也如此，並認為這種待遇是不公正的。他卻說：

「但正是為了這個，才把你們投進了監獄。」

「怎麼，就為了這個？」

「是的，甚麼是自由，女人就是自由呀！你們被剝奪了這種自由。」

我從沒有想到這一層。我對他表示同意，我說：

「的確如此，要不然懲罰從何談起？」

「您說得對，您懂這個理，那些囚犯都不懂，不過，他們最終還是自行解決了他們的性慾問題。」看守長說完這話就走了。

還有，沒有煙抽也是一個問題。我入獄的那天，看守就剝走了我的腰帶、我的鞋帶、我的領帶，搜空了我的口袋，特別是其中的香煙。進了單人牢房，我要求他們還給我。但他們對我說，監獄裏禁止抽煙。頭些天，我真難熬，這簡直就叫我一蹶不振。我只好從床板撕下幾塊木片來吮咂。整個那天，我都想嘔吐。我不理解為甚麼監獄裏不許抽煙，抽煙對誰都沒有危害呀。過了些日子，我明白了這就是懲罰的一部份。但這時我已經習慣於不抽煙了，因此，這種懲罰對我也就不再成其為一種懲罰啦。

除了這些煩惱，我還不算太不幸。最根本的問題，我再說一遍，仍是如何消磨時間。自從我學會了進行回憶，我終於就不再感到煩悶了。有時，我回想我從前住過的房子，我想像自己從一個角落出發，在房間裏走一圈又回到原處，心裏歷數在每一個角落裏見到的物件。開始，很快就數完一遍。但我每來一遍，時間就愈來愈長。因為我回想起了每一件傢具，每一件傢具上陳設的每一件物品，每一件物品上所有的局部細節，如上面鑲嵌着甚麼呀，有甚麼裂痕呀，邊緣有甚麼缺損呀，還有塗的是甚麼顏色、木頭的紋理如何呀，等等。同時，我還試着讓我的清單不要失去其連貫性，試着不遺漏每一件物品。幾個星期之後，單單是數過去房間裏的東西，我一數就能消磨好幾個鐘頭。這樣，我愈是進行回想，愈是從記憶中挖掘出了更多的已被遺忘或當時就缺乏認識的東西。於是我悟出了，一個人即使只生活過一天，他也可以在監獄裏待上一百年而不至於難以度日，他有足夠的東西可供回憶，決不會感到煩悶無聊。從某種意義上來說，這也是一種愉快。

還有睡覺問題。開始，我夜裏睡不好，白天根本睡不着。漸漸地，我夜裏睡得好了，白天也能睡得着。我可以說，在最後的幾個月裏，我每天能睡上十六到十八個鐘頭。這樣，我就只剩下六個鐘頭要打發了，除了吃、喝、拉、撒，我就用回憶與捷克斯洛伐克人的故事來消磨時間。

有一天，我在床板與草褥子之間，發現了一塊舊報紙，它幾乎與褥墊黏在一起，顏色發黃，薄得透明。那上面報道了一樁社會新聞，缺了開頭，但看得出來事情是發生在捷克斯洛伐克。有個人早年離開自己的村子，外出謀生。過了二十五年，他發了財，帶着妻兒回家鄉。他母親與他妹妹在村裏開了家旅店。為了要讓她們得到意外的驚喜，他把自己的妻子與兒子留在另一個地方，自己則住進他母親的旅館。進去時，母親沒有認出他。他想開個大玩笑，就特意租了一個房間，並亮出自己的錢財。夜裏，他的母親與妹妹為了謀財，用大錘砸死了他，把屍體扔進了河裏。第二天早晨，他的妻子來了，懵然不知真情，通報了這位店客的姓名。母親上吊自盡，妹妹投井而死。這則報道，我天天反覆閱讀，足足讀了幾千遍。一方面，這樁事不像是真的，另一方面，卻又自然而然。不論怎樣，我覺得這個店客有點咎由自取，人生在世，永遠也不該演戲作假。

就這樣，我睡大覺、進行回憶、讀那則新聞報道，晝夜輪回，日復一日，時間也就過去了。我過去在書裏讀到過，說人在監獄裏久而久之，最後就會失去時間觀念。但是，這對我來說，並沒有多大意義。我一直不理解，在何種程度上，既可說日子漫漫難挨，又可說苦短無多。日子，過起來當然就長，但是拖拖拉拉，日復一日，年復一年，最後就混淆成了一片。每個日子都喪失了自己的名字。對我來說，只有「昨天」與「明天」這樣的字，才具有一定的意義。

有一天，看守對我說我入獄已經有五個月了，我相信他說得很準確，但對此我頗不理解。在我看來，這五個月在牢房裏，我總是過着一模一樣的一天，總是做一模一樣的事情。那天，看守走了後，我對着我的鐵飯盒照了照自己，我覺得，我的樣子顯得很嚴肅，即使是在我試圖微笑的時候也是如此。我晃了晃那飯盒，又微笑了一下，但照出來的仍是那副嚴肅而憂愁的神情。天黑了，這是我不願意談到的時間，是無以名狀的時間，這時，夜晚的嘈雜聲從監獄各層升起，而後又復歸於一片寂靜。我走近天窗，借着最後的亮光，又照了照自己的臉。神情老是那麼嚴肅。這有甚麼奇怪呢?既然那個時刻我一直就很嚴肅。但這時，我幾個月來第一次清晰地聽見我自己說話的聲音。我辨識出這就是好久以來一直在我耳邊回響的聲音，我這才明白，在這一段日子裏，我一直在自言自語。於是，我回想起媽媽葬禮那天女護士說過的話。不，出路是沒有的，沒有人能想像出監獄裏的夜晚是怎麼樣的。

3

我可以說，一個夏天接着一個夏天，其實過得也很快。我知道，天氣開始愈來愈熱時，我就會碰到若干新的情況。我的案子定在重罪法庭最後一輪中審理，這一輪將於六月底結束。開庭進行公開辯論時，外面的太陽正如火如荼。我的律師向我保證，審訊不會超過兩三天。他補充說：「再說，到那時，法庭會忙得不可開交，因為您的案子並不是那一輪中最要緊的一樁。在您之後，緊接着就要審一樁弒父案。」

早晨七點半鐘，執法人員來提我，囚車把我送到法院。兩名法警把我帶進一間陰涼的小房間，我們坐在一扇門旁候着，隔着門，可以聽到一片談話聲、叫喚聲、挪動椅子聲，吵吵嚷嚷的，使我覺得像本區那些節日群眾聚會、音樂演奏完之後，人們就一哄而上，清理場地，準備跳舞。法警告訴我得等一會兒才開庭，其中的一人遞給我一支煙，我謝絕了。不一會兒，他問我是不是「心裏害怕」。我回答說不。我甚至說，在某種意義上，我倒挺有興趣見識見識如何打官司，我這一輩子還從來沒有見過打官司呢。另一個法警接我的話茬說：「這倒也是。不過，見多了就累得慌。」

過了一會兒，房間裏一個小電鈴響了。他們給我摘下手銬，打開大門，帶我走到被告席上。整個大廳，人群爆滿。儘管窗口掛着遮簾，陽光仍從一些縫隙透射進來，大廳裏的空氣已經很悶熱了。窗戶仍然都關着。我坐下來，兩名法警一左一右看守着我。這時，我才看清我面前有一排面孔，他們都盯着我，我明白了，這些人都是陪審員，但我說不清這些面孔彼此之間有何區別。我只是覺得自己似乎是在電車上，對面坐位上有一排不認識的乘客，他們審視着新上車的人，想在他們身上發現有甚麼可笑之處。我馬上意識到我這種聯想很荒唐，因為我面前這些人不是在找可笑之處，而是在找罪行。不過，兩者的區別也並不大，反正我就是這麼想的。

在這個門窗緊閉的大廳裏擁擠着這麼多人，這真有點使我頭昏腦脹。我朝法庭上望了望，沒有看清楚任何一張面孔。我現在認為，這首先是因為我沒有料想到，整個大廳的人擠來擠去，全是為了來瞧瞧我這個人的。平時，世人都沒有注意到我。來到法庭上，我總算明白了，我就是眼前這一片騷動的起因。我對法警表示驚訝說：「這麼多人！」他回答我說這是報紙炒作的結果。他給我指出坐在陪審員席位下一張桌子旁邊的一夥人，說：「他們就在那兒。」我問：「誰？」他說：「報社的人呀！」他認識其中的一個記者，那人也瞧見了他，並向我們走來。此人年紀不輕，樣子和善，長着一副滑稽的面孔。他很熱情地跟法警握了握手。這時，我注意到大家都在見面問好，打招呼，進行交談，就像在俱樂部有幸碰見同一個圈子裏的熟人那樣興高采烈。我也就明白了自己為甚麼產生了一種奇特的感受，覺得我這個人純系多餘，有點像個冒失闖入的傢伙。但是，那個記者卻笑瞇瞇跟我說話了，他希望我一切順利。我向他道了聲謝謝，他又說：

「您知道，我們把您的案子渲染得有點兒過頭了。夏天，這是報紙的淡季。只有您的案子與那樁弒父案還有點兒可說的。」

接着，他指給我看，在他剛離開的那一堆人中，有一個矮個子，那人像一隻肥胖的銀鼠，戴着一副黑邊的大眼鏡。他告訴我，此人是巴黎一家報社的特派記者，他說：

「不過，他不是專為您而來的，因為他來報道那樁弒父案，報社也就要他把您的案子也一起捎帶上。」

說到這裏，我又差點兒要向他道謝了。但一想，這不免會顯得很可笑。他親切地向我擺了擺手，就離去了。接着，我們又等候了幾分鐘。

我的律師到場了，他穿着法院的袍子，由好幾個同事簇擁着。他向那些記者走去，跟他們握手，互相打趣說笑，都顯得如魚得水，輕鬆自在，直到法庭上響起鈴聲為止。於是，大家各就各位。我的律師走到我跟前，握了握我的手，囑咐我回答問題要簡短，不要主動發言，剩下的事則由他來代勞。

在左邊，我聽見椅子往後挪動的聲音，我看見一個細高身材的男人，身披紅色的法袍，戴着夾鼻眼鏡，仔細地理了理法袍坐了下來。此人就是檢察官。執達員宣佈開庭。與此同時，兩個大電扇開動起來，發出嗡嗡的聲響。三個審判員，兩個穿黑衣，一個穿紅衣，夾着卷宗進了大廳，快步向俯視着全場的審判台走去。穿紅衣的庭長坐在居中的高椅上，把他那頂直筒無邊的高帽放在面前，用手帕拭了拭自己小小的禿頭，宣佈審訊開始。

記者們已經手中握筆，他們的表情都冷漠超然，還帶點嘲諷的樣子。但是，他們之中有一個特別年輕的，穿一身灰色法蘭絨衣服，繫一根藍色領帶，把筆放在自己面前，眼睛一直盯着我。在他那張有點不勻稱的臉上，我只注意到那雙清澈明淨的眼睛，它專注地審視着我，神情難以捉摸。而我也有了一種奇特的感覺，好像是我自己在觀察我自己。也許是因為這一點，也因為我不懂法庭上的程序，我對後來進行的一切都沒有怎麼搞清楚，例如，陪審員抽籤，庭長向律師提問，向檢察官、向陪審團提問，（每次提問的時候，陪審員的腦袋都同時轉向法官席）然後是很快地唸起訴書，我只聽清楚了其中的地名與人名，然後，又是向律師提問。

這時，庭長宣佈傳訊證人。執達員唸了一些引起我注意的名字，從那一大片混混沌沌的人群中，我看見證人們一個個站起來，從旁門走出去，他們是養老院的院長與門房、多瑪·貝雷茲老頭、雷蒙、馬松、沙拉瑪諾，還有瑪麗。瑪麗向我輕輕做了一個表示焦慮的手勢。我還在納悶兒怎麼沒有早些看見他們。最後，念到塞萊斯特的名字，他也跟着站起來了。在他身邊，我認出了在飯店見過的那個身材矮小的女人，她仍穿着那件夾克衫，一副一絲不苟、堅決果敢的神氣。她的眼睛緊緊地盯着我。但我來不及考慮甚麼，因為庭長開始發言了。他說雙方的辯論就要開始了，他相信用不着再要求聽眾保持安靜。他聲稱，他的職責是引導辯論進行得公平合理，以客觀的精神來審視這個案件，陪審團的判決亦將根據公正的精神作出，不論發生甚麼情況，他將堅決排除對法庭秩序的任何干擾，即使是最微不足道的干擾。

大廳裏越來越悶熱，我看見好些在場者都在用報紙給自己搧風。這樣，就造成了一陣持續不斷的紙張嘩啦嘩啦聲。庭長做了一個手勢，執達員很快就拿來三把稻草編織的扇子，三位法官立刻就搧將起來了。

對我的審問開始了。庭長語氣平和地向我發問，甚至我覺得他帶有一絲親切感。雖然我不厭其煩，他還是先要我自報身份、籍貫、年齡。我自己一想，這也是自然而然、合情合理的，萬一把某甲當做某乙來審一通，豈不是一件極為嚴重的事情？接着，庭長又開始覆述了我所犯下的事情，每唸三句就問我一聲：「是這樣的嗎？」對此，我總是根據律師的囑咐回答說：「是的，庭長先生。」這一個程序拖了很長的時間，因為庭長覆述得很詳細。在此過程中，記者們都在作筆錄。我感到那個最年輕的記者與那個自動機器般的小個子女人，一直用眼光盯着我。像坐在電車板櫈上的一排陪審員全都轉身向着庭長，專心傾聽。庭長咳嗽了一聲，翻閱了一下卷宗，一邊搧着扇子，一邊轉向我。

他說他現在要涉及幾個表面上跟案子無關、但實際上是關係頗大的問題。我知道他也要談媽媽的問題了，這時，我感到自己對此是厭煩透了。他問我，為甚麼要把媽媽送進養老院，我回答說，因為沒有錢僱人照料她的生活起居。他又問我，就我個人而言，這樣做是否使我心裏難過，我回答說，不論是我媽媽還是我自己，並不期望從對方那裏得到甚麼，而且也不期望從任何人那裏得到甚麼，我們兩人都已經習慣我們這種新式的生活。於是，庭長說他並不想強調這個問題，接着，他問檢察官是否有其他的問題要向我提出。

檢察官半轉過身來，沒有正眼瞧我，說如果庭長准許的話，他想知道我當時獨自回到泉水那裏，是否懷有殺死阿拉伯人的意圖。我說：「沒有。」他又說：「既然如此，那當事人為甚麼要帶着武器，而且偏偏直奔這個地方呢？」我說純屬偶然。檢察官着重強調了一句，語氣陰壞陰壞的：「暫時就說這些。」接着，事情進行得有點淩亂，至少我有這種印象。經過一番私下磋商之後，庭長宣佈休庭，聽取證詞則推遲到下午進行。

我沒有時間做過多考慮，他們就把我帶走，裝進囚車，送回監獄吃午飯。這一切進行得匆匆忙忙，沒有花甚麼時間，待我剛來得及感到很累的時候，他們又來提我上庭了。一切都又重來一遍，我被帶進同樣的大廳，面對着同樣那些面孔。不同的只是大廳裏更加悶熱了，就像發生了奇蹟一樣，每個法官、檢察官、我的律師與一些記者，都手執一把草扇。那個年輕的記者與那個瘦小的女士也已在座，但這兩人卻不搧扇子，而是仍然一言不發地緊盯着我。

我擦了擦臉上的汗，直到我聽見傳喚養老院院長上庭作證時，我才稍微意識到自己所處的場合與處境。檢察官問他我的媽媽對我是否常有怨言，他說是的，但又補充說，經常埋怨自己的親人，這差不多是養老院的老人普遍都有的怪癖。庭長要他明確指出媽媽是否對我把她送進養老院一事有怨言，院長也回答說是。但對這個問題，他沒有作補充說明。接着，庭長又向他提出另一個問題，對此，他回答說，他對我在下葬那天的平靜深感驚訝。然後，他又被問及他所說的平靜是指甚麼，他看了看自己的鞋尖，說是指我不願意看媽媽的遺容，我沒有哭過一次，下葬之後立刻就走，沒有在墳前默哀。他說，還有一件事使他感到驚訝，那就是殯儀館的人告訴他，我不知道媽媽的具體歲數。說到這裏，大廳裏一時寂靜無聲，庭長要養老院院長確認所講的就是我，院長沒有聽清楚這個問題，牛頭不對馬嘴地回答說：「這就是法律。」接着，庭長又問檢察官還有沒有問題要問證人，檢察官大聲嚷道：「噢！沒有了，這已經足夠了。」他的聲音如此響亮，他的目光如此揚揚得意，朝我一掃，使得我多年以來第一次產生了愚蠢的想哭的念頭，因為我感到所有這些人是多麼厭惡我。

庭長又問了陪審團與我的律師有沒有問題要問，然後要養老院的門房上庭作證。門房也像其他人那樣，履行了同樣的程序。走過我面前時，他瞧了我一眼，就把目光移開了。他回答了向他提出的問題。他說我不想見媽媽的遺容，說我抽了煙、睡了覺、喝了牛奶咖啡。這時，我感到有某種東西激起了全大廳的憤怒，我第一次覺得我真正有罪。庭長要門房把喝牛奶咖啡與抽煙的經過再覆述了一遍。檢察官看了看我，眼睛裏閃爍着嘲諷的目光。這時，我的律師問門房當時是否跟我一道抽煙來着。但檢察官猛然站起來，激烈反對這個問題說：「在這裏，究竟誰是罪犯？這種為了削弱證詞的力量而不惜給證人抹黑的做法，究竟是甚麼做法，但這份證詞是無可辯駁的，並不因抹黑伎倆而減色！」儘管如此，庭長仍然要門房回答上述問題。那老頭兒難為情地說：「我知道當時我也不應該抽煙，但先生遞給我一支，我不敢拒絕。」最後，他們問我有沒有要補充的。我回答說：「沒有，我只想說，證人沒犯錯，當時我的確遞了一支煙給他。」這時，門房有點驚奇地看了看我，還帶有一種感激的神情。他遲疑了一下，說牛奶咖啡是他請我喝的。對此，我的律師得意揚揚地叫了起來，說陪審團一定會重視這一點的。而檢察官卻在我們頭上像雷鳴一樣大聲吼道：「是的，陪審員先生們會注意這一點，不過他們會認定，一個非親非故的人完全可以送上一杯咖啡，但一個兒子面對着生他育他的那個人的遺體，就應該加以拒絕。」這時，門房回到自己的座位上去了。

輪到多瑪．貝雷茲作證了，執法員一直把他扶到證人席上。貝雷茲說，他主要是認識我媽媽，跟我只見過一次面，就是下葬的那天。法官問他那天我有些甚麼表現，他回答說：「諸位都明白，我自己當時太難過了，所以，我甚麼都沒有看見，難過的感情使我沒有去注意。因為對我來說，那是天大的悲痛，我甚至都暈倒了。因此，我不可能去注意這位先生。」檢察官問他，是不是至少看見了我哭。貝雷茲說沒有看見。檢察官於是說：「陪審團的諸位會重視這一點的。」但我的律師惱火了，他以一種我覺得是頗為誇張的語氣問貝雷茲，他是否看見了我沒有哭？貝雷茲回答說沒有看見。這一問一答引起了哄堂大笑。我的律師一邊挽起自己的一隻衣袖，一邊以不容置疑的口氣說：「這就是這場審訊的形象，所有一切都是真的，但又沒有任何東西是真的！」檢察官板着臉，用鉛筆在他的文件上戳戳點點那些標題。

審訊暫停了五分鐘，這時，我的律師對我說，事情進行得再好不過。接着，法庭傳喚塞萊斯特作證，他是由被告方提名出庭的，而被告方，就是我。塞萊斯特不時把目光投向我這一邊，手裏不停地擺弄着一頂巴拿馬草帽。他穿着一身新衣服，那是他好幾個星期天跟我一道去看賽馬時穿的。但我現在記得他當時沒有戴硬領，因為只有一隻銅紐扣扣住了他襯衫的領口。庭長問他我是不是他的顧客，他說：「是的，但也是一個朋友。」問及他對我的看法時，他回答說我是個男子漢；問及他此話是甚麼意思時，他回答說誰都知道此話的意思；問及他是否注意到我是一個封閉孤僻的人時，他只回答說我是個從不說廢話的人。檢察官問他我到他飯店吃飯，是否按時付款。塞萊斯特笑了，他說：「這是我與他之間的私事。」又問及他對我的罪行有甚麼看法時，他把兩手放在欄桿上，可以看得出來，他事先對此是有所準備的，他這樣答道：「在我看來，這是一樁不幸事故。不幸事故，誰都知道是怎麼回事。它叫你無法預防。嗨！所以在我看來，這是一樁不幸事故。」他還要繼續講下去，但庭長對他說他已經說得很清楚了，謝謝他。這時，塞萊斯特待在那裏，不知所措。他大聲表示，他還要繼續發言。庭長要求他講得簡短一些。他又重複了一遍，說這是個不幸事故。庭長打斷他說：「是的，當然是不幸事故，但我們在這裏就是為了審理這類不幸事故。我們向您表示感謝。」似乎他已竭盡了自己的心力，充份表現出了作為朋友的善意。塞萊斯特朝我轉過身來，我覺得他眼裏閃出淚光，嘴唇顫抖哆嗦，那樣子好像在問我他還能盡些甚麼力。我呢，我甚麼也沒有說，也沒有做任何表示，但我生平第一次產生了想要去擁抱一個男人的想法。庭長又一次請他離開作證席。塞萊斯特這才回到了旁聽席上。在以下的審訊過程中，他就坐在那裏，身子稍微前傾，兩肘支在膝上，手裏拿着巴拿馬草帽，聽着旁人作證。瑪麗被帶進來了。她戴着帽子，仍然是那麼美，但我更喜歡她長髮披肩。從我的位置上，我可以感覺得到她乳房輕輕地顫動，我又回想起了她那微微鼓出的下嘴唇。這時她好像很緊張。剛一上來，庭長就問她是從甚麼時候認識我的。她說是我們在一家公司裏做事的時候認識的。庭長又問她跟我是甚麼關係，她說她是我的女友，對與此相關的一個問題，她說她的確要和我結婚。正在翻閱卷宗的檢察官這時突然問她何時與我發生肉體關係的，她說了那個日期。檢察官以一種不動聲色的神態指出，那似乎就是我媽媽下葬的第二天。接着，他帶着明顯的嘲諷意味說，他並不想在一個微妙的問題上大做文章，他也很理解瑪麗不便啓齒，但是，（說到這裏，他的聲調大為嚴厲起來）他認為自己的職責使他不得不超脫某些通常的禮節。於是，他要求瑪麗把我們發生關係那天的經過講述一遍。瑪麗不願意講，但在檢察官的堅持下，她講了那天我們游泳、看電影與回到我住處的經過。檢察官說，根據瑪麗在預審中所提供的證詞，他調查了那一天電影院放映的節目，他要瑪麗自己來說說那天我們看的是甚麼片子。瑪麗的聲音都變了，說那是費爾南德的一部片子。她話音一落，全場鴉雀無聲。這時，檢察官霍地站了起來，神態莊嚴，用手指着我，以一種我覺得很是激動的聲調，咬着一個字一個字地、慢吞吞地叫道：「陪審團的先生們，此人在自己母親下葬的第二天，就去游泳，就去開始搞不正當的男女關係，就去看滑稽電影、放聲大笑，我用不着再向諸位說甚麼了。」他坐下，大廳裏仍是鴉雀無聲。但是，瑪麗突然大哭起來，她說情況並不是這樣，還有其他的情況，她剛才的話並不是她心裏想的，而是人家逼她說的，她一直很了解我，我沒有做過任何壞事，但是，執達員在庭長的示意下，立刻把她架了出去，審訊又繼續進行。

接下去是聽馬松的證詞。他宣稱我是一個正直的人，「甚至要說，是個老實人。」但這時大廳裏的人都不怎麼聽他的了。輪到沙拉瑪諾作證，更沒有多少人聽了。他說我對他的狗很好，關於我媽媽與我的問題，他回答說，我跟媽媽沒有甚麼話可說，因為這一點，我把她送進了養老院。「應該理解呀，應該理解呀！」他這樣說。但沒有人表示理解。他也被帶走了。

再就是輪到雷蒙了，他是最後一個作證的。雷蒙向我輕輕做了個手勢，一上來就說我是無辜的。但庭長立即宣稱，法庭不要他下判斷，而是要他提供事實，吩咐他先等法庭提問，然後再作回答。接着，首先要他講清楚他與被殺者的關係。雷蒙趁這個機會說被殺者恨的是他，因為他羞辱了他的姐姐。庭長問他，被殺者是否沒有原因對我有甚麼仇恨，雷蒙說我到海灘去完全是出於偶然。檢察官問他，為甚麼最初釀成了這個事件的那封信是出自我手。雷蒙回答說，這也是出於偶然。檢察官反駁說，在這個事件中，偶然性對人類良知的毀壞已經很多了。他想知道，當雷蒙羞辱他的情婦的時候，我沒有去勸阻，這是否出於偶然，我為他到警察局去作證，這是否出於偶然，我在作證時所說的話完全是為了討好人，這是否也出於偶然。最後，他問雷蒙靠甚麼生活，雷蒙回答說「當倉庫管理員」。檢察官朝着陪審團大聲說，眾所周知，此人所幹的行當是給妓女拉皮條，而我則是他的同謀，他的朋友。這是一個最下流無恥的事件，由於有道德上的魔鬼在其中摻和而更加嚴重。這時，雷蒙要進行聲辯，我的律師也表示抗議，但庭長要他們讓檢察官把話講完。檢察官說：「我要講的話不多了，他是您的朋友嗎？」他這樣問雷蒙，雷蒙回答說：「是的，他是我的哥們兒。」檢察官又向我提出同樣的問題，我看了看雷蒙，他仍目不轉睛地看着我。我回答：「是的。」檢察官於是轉身向着陪審團，大聲説：「還是這個人，他母親死後的第二天，就去幹最放蕩無恥的勾當，為了了結一樁傷風敗俗、卑鄙齷齪的糾紛，就隨隨便便去殺人。」

檢察官坐下了。我的律師已經按捺不住，他舉起胳臂，法袍的袖子因此滑落下來，露出裏面上了漿的襯衣的褶痕，他大聲嚷道：「説到底，究竟是在控告他埋了母親，還是在控告他殺了一個人？」聽眾哄堂大笑。但檢察官又站了起來，披了披自己的法袍，高聲宣稱，只有您這位可敬的辯護律師如此天真無邪，才能對這兩件事之間深層次的、震撼人心的、本質的關係視而不見，無動於衷。他聲嘶力竭地喊道：「是的，我控告這人懷着一顆殺人犯的心埋葬了一位母親。」這一聲宣判，顯然對全體聽眾起了很大的影響。我的律師聳了聳肩，擦了擦額頭上的汗，看來他本人也頗受震撼，這時我感到我的事情不妙了。

審訊完畢。出了法庭上囚車的一剎那間，我又聞到了夏季傍晚的氣息，見到了這個時分的色彩。我在向前滾動的昏暗的囚車裏，好像是在疲倦的深淵裏一樣，一一聽出了這座我所熱愛的城市、這個我曾心情愉悦的時分的所有那些熟悉的聲音：傍晚休閒氣氛中賣報者的吆喝聲，街心公園裏遲歸小鳥的啁啾聲，三明治小販的叫賣聲，電車在城市高處轉彎時的呻吟聲，夜幕降臨在港口之前空中的嘈雜聲，這些聲音又在我腦海裏勾畫出我入獄前非常熟悉的在城裏漫步的路線。是的，過去在這個時分，我都心滿意足，精神愉悅，但這距今已經很遙遠了。那時，等待我的總是毫無牽掛的、連夢也不做的酣睡。但是，今非昔比，我卻回到自己的牢房，等待着第二天的到來，就像劃在夏季天空中熟悉的軌跡，既能通向監獄，也能通向酣睡安眠。

4

即使是坐在被告席上，聽那麼多人談論自己，也不失為一件有意思的事。在檢察官與我的律師進行辯論時，我可以說，雙方對我的談論的確很多，也許談論我比談論我的罪行更多。但雙方的辯詞，果真有那麼大的區別嗎？律師舉起胳臂，承認我有罪，但認為情有可原；檢察官伸出雙手，宣稱我有罪，而且認為罪不可赦。使我隱隱約約感到不安的是一個東西，那便是有罪。雖然我顧慮重重，我有時仍想插進去講一講，但這時我的律師就這麼對我說：「別做聲，這樣對您的案子更有利。」

可以說，人們好像是在把我完全撇開的情況下處理這樁案子。所有這一切都是在沒有我參與的情況下進行的。我的命運由他們決定，而根本不徵求我的意見。時不時，我真想打斷大家的話，這樣說：「歸根到底，究竟誰是被告？被告才是至關重要的。我本人有話要說！」但經過考慮，我又沒有甚麼要說了。而且，我應該承認，一個人對大家感興趣的問題，也不可能關注那麼久。例如，對檢察官的控詞，我很快就感到厭煩了。只有其中那些與整體無關的隻言片語、手勢動作、滔滔不絕講話，才使我感到驚訝，或者引起我的興趣。

如果我沒有理解錯的話，他基本的思想是認定我殺人純系出自預謀。至少，他力圖證明這一點。正如他本人所說：「先生們，我將進行論證，進行雙重的論證。首先是舉出光天化日之下犯罪的事實，然後是揭示出我所看到的這個罪犯心理中的蛛絲馬跡。」他概述了媽媽死後的一連串事實，歷數了我的冷漠、我對媽媽歲數的無知、我第二天與女人去游泳、去看費爾南德的片子、與瑪麗回家上床。我開始沒有搞清楚他的所指，因為他老說甚麼「他的情婦」、「他的情婦」，而在我看來，其實很簡單，就是瑪麗。接着，他又談雷蒙事件的過程。我發現他觀察事物的方式不夠清晰明瞭。他說的話還算合情合理。我先是與雷蒙合謀寫信，把他的情婦誘騙出來，讓這個「道德有問題」的男人去作踐她。後來我又在海灘上向雷蒙的仇人進行挑釁。雷蒙受了傷後，我向他要來了手槍。我為了使用武器又獨自回到海灘。我按自己的預謀打死了阿拉伯人。我又等了一會兒。為了「確保事情解決得徹底」，又開了四槍，沉着、穩定、在某種程度上是經過深思熟慮地又開了四槍。

「先生們，事情就是這樣，」檢察官說，「我給你們覆述出全部事實的發展線索，說明此人完全是在神志清醒的狀態中殺了人。我要強調這一點。因為這不是一樁普通的殺人案，不是一個未經思考、不是一個當時的條件情有可原、不是一個值得諸位考慮不妨減刑的罪行。先生們，此人，犯罪的此人是很聰明的。你們聽他說過話沒有？他善於應對，他很清楚每個字的份量。我們不能說他行動的時候不知他是在幹甚麼。」

我聽着他侃侃而談，聽見了他說我這個人很聰明。但我難以理解，為甚麼一個普通人身上的優點，到了罪犯身上就成為了他十惡不赦的罪狀。至少，他這種說法使我感到很驚詫，於是，我不去聽檢察官的長篇大論了，直到過了一會兒，我又聽見他這樣說：「難道此人表示過一次悔恨嗎？從來沒有，先生們，在整個預審過程中，此人從沒有對他這樁可憎的罪行流露過一絲沉痛的感情。」說到這裏，他向我轉過身來，用手指着我，繼續對我大加討伐，真弄得我有些莫名其妙。當然，我不能不承認他說得有根有據。我對開槍殺人的行為，的確一直並不怎麼悔恨。但他那麼慷慨激昂，卻使我感到奇怪。我真想親切地，甚至是帶着友情地向他解釋，我從來沒有對某件事真正悔恨過。我總是為將要來到的事，為今天或明天的事忙忙碌碌，操心勞神。但是，在我目前這種處境下，我當然不能以這種口吻對任何人說話。我沒有權利對人表示友情，沒有權利抱有善良的願望。想到這裏，我又試圖去傾聽檢察官的演說，因為他開始評說我的靈魂了。

他說他一直在研究我的靈魂，結果發現其中空虛無物。他說我實際上沒有靈魂，沒有絲毫人性，沒有任何一條在人類靈魂中佔神聖地位的道德原則，所有這些都與我格格不入。他補充道：「當然，我們也不能因此而譴責他。他既然不能獲得這些品德，我們也就不能怪他沒有。但是，我們現在是在法庭上，寬容可能產生的消極作用應該予以杜絕，而代之以正義的積極作用，這樣做並不那麼容易，但是更為高尚。特別是在今天，我們在此人身上所看到的如此大的靈魂黑洞，正在變成整個社會有可能陷進去的深淵，就更有必要這樣做。」這時，他又說起了我對媽媽的態度。他把在辯論時說過的話又重複了一遍。但說這事的話要比說我殺人罪的話多得多，而且滔滔不絕，不厭其煩，最後使得我聽而不聞，只感覺到這天早晨的天氣熱得厲害。至少直到檢察官停了一下的時候。然後，他又以低沉而堅定不移的聲音說道：「先生們，我們這個法庭明天將要審判一樁最兇殘可惡的罪行，殺死親生父親的罪行。」據他說，這種殘忍的謀殺簡直令人無法想像。他希望人類的正義對此予以嚴懲而不手軟。但是他敢說那樁罪行在他身上引起的憎惡，與我對媽媽的冷酷所引起的憎惡相比，幾乎可說是小巫見大巫。他認為，一個在精神心理上殺死了自己母親的人，與一個謀害了自己父親的人，都是以同樣的罪名自絕於人類社會。在任何意義上來說，前一種罪行是後一種罪行的準備，它以某種方式預示着後一種罪行的發生，並使之合法化。他提高聲調繼續說：「先生們，我堅信，如果我說坐在這張櫈子的人，與本法庭明天將要審判的謀殺案同樣罪不可恕，你們決不會認為我這個想法過於魯莽。他應該受到相應的懲罰。」說到這裏，檢察官擦了擦因汗水閃閃發光的臉，他最後說，他的職責是痛苦的，但他要堅決地去完成。他宣稱，既然我連這個社會的基本法則都不承認，當然已與這個社會一刀兩斷；既然我對人類良心的基本反應麻木不仁，當然不能對它再有所指望。他說：「我現在向你們要求，取下此人的腦袋，在提出這個要求時，我的心情是輕快的，因為，在我從事已久的職業生涯中，如果我有時也偶爾提出了處以極刑的要求的話，我從未像今天這樣感到我艱巨的職責得了補償，達到了平衡，並通明透亮，因為我的判斷是遵循着某種上天的、不可抗拒的旨意，是出自對這張臉孔的憎惡，在這張臉孔上，我除了看見有殘忍外，別無任何其他的東西。」

檢察官坐下後好久一會兒，大廳裏靜寂無聲。我因為悶熱與驚愕而頭昏腦脹。庭長咳了兩聲，清清嗓子，用很低的聲音問我有沒有話要說。我站了起來，由於我憋了好久，急着要說，說起來就有點沒頭沒腦，我說我並沒有打死那個阿拉伯人的意圖。庭長回答說，這是肯定的，又說到目前為止，他還沒有搞清楚我為自己辯護的要領，希望在聽取我律師的辯護詞之前，我先說清楚導致我殺人的動因。我說得很急，有點兒語無倫次，自己也意識到有些可笑，我說，那是因為太陽起了作用。大廳裏發出了笑聲。我的律師聳了聳肩膀，馬上，庭長就讓他發言了。但他說，時間不早了，他的發言需要好幾個鐘頭，他要求推遲到下午再講。法庭同意了。

下午，巨大的電扇不斷地攪和着大廳裏混濁的空氣，陪審員們手裏五顏六色的小草扇全朝一個方向搧動。我覺得我的律師的辯護詞大概會講個沒完沒了。有一陣子，我是注意聽了，因為他這樣說：「的確，我殺了人。」接着，他繼續用這種語氣講下去，每次談到我這個被告時，他都自稱為「我」。我很奇怪，就彎下身子去問法警這是為甚麼，法警要我別出聲，過了一會兒，他說：「所有的律師都用這個法子。」我呢，我認為這仍然是把我這個人排斥出審判過程，把我化成一個零，又以某種方式，由他取代了我。不過，我覺得我已經離這個法庭很遠了，而且，還覺得我的律師很可笑。他很快就以阿拉伯人的挑釁為由替我進行辯護，然後，他也大談起我的靈魂，但我覺得他的辯才遠遠不如那位檢察官。他這樣說：「我本人，我也研究過被告的靈魂，但與檢察機構這位傑出的代表相反，我發現了一些東西，而且我可以說，這些東西是一目瞭然的。」他說，他看到我是一個正經人，一個循規蹈矩的職員，不知疲倦，忠於職守，得到大家的喜愛，對他人的痛苦富有同情心。在他看來，我是一個模範兒子，盡了最大的努力供養母親。最後，由於希望老太太得到我的能力難以提供的舒適生活，才把她送進了養老院。他又補充說：「先生們，我很奇怪，有關人士竟對養老院議論紛紛，大加貶損。說到底，如果要證明養老院這種設施的用處與偉大，只需指出這些機構全是由國家津貼的就行了。」不過，他沒有談到葬禮問題，我覺得這是他辯護詞的一個漏洞。由於這些長篇大論，由於人們一小時又一小時、一天又一天沒完沒了地評論我的靈魂，我似乎覺得，所有這一切都變成了一片無顏無色的水，在它面前我感到暈頭轉向。

最後，我只記得，正當我的律師在繼續發言時，一個賣冰的小販吹響了喇叭，聲音從街上穿過一個個大廳與法庭，傳到了我耳邊，對過去生活的種種回憶突然湧入我的腦海，那生活已經不屬於我了，但我從那裏確曾得到過我最可憐、最難以忘懷的快樂，如夏天的氣味、我所熱愛的街區、傍晚時的天空、瑪麗的笑聲與裙子。我覺得來到法庭上所做的一切都毫無用處，這使我心裏堵得難受，只想讓他們趕緊結束，我好回到牢房裏去睡大覺。所以，我的律師最後大聲嚷嚷時，我幾乎沒有聽見。他說，陪審員先生們是不會把一個因一時糊塗而失足的老實勞動者送上死路的，他要求對我已犯下的罪行予以減刑，因為對我最實在的懲罰，就是讓我終身悔恨。法庭結束辯論，我的律師筋疲力盡地坐下。但他的同事都走過來跟他握手，我聽他們說：「棒極了，親愛的。」其中的一人甚至拉我來幫腔：「嗨，怎麼樣？」我表示同意，但我的恭維言不由衷，因為我實在太累了。

外面，天色已晚，也不那麼炎熱了。我聽見從街上傳來的一些聲音，可以想像已經有了傍晚時分的涼爽。大廳裏的人都在那裏等着，其實大家所等的事情只關係我一個人。我看了看整個大廳，情形與頭一天完全一樣。我又碰見了那個穿灰色上衣的新聞記者和那個像機器人的女子的目光。這使我想起了，在整個審訊過程中我都沒有用眼光去搜索瑪麗。我並沒有忘記她，而是因為我要應付的事太多了。這時，我看見她坐在塞萊斯特與雷蒙之間，她向我做了個小小的手勢，彷彿在說：「總算完了！」我看見她那略顯憂傷的臉上泛出了一絲笑容，但我感到自己的心已經對外封閉，甚至無法回答她的微笑。

全體法官又回來了。庭長向陪審團很快地唸了一連串問題。我聽見有「殺人犯」……「預謀」……「可減輕罪行的情節」等。陪審團走出大廳，我也被帶到我原來在裏面等候的那個小房間。我的律師也來了，他滔滔不絕，以從來沒有過的自信心與親切態度跟我說話。他認為一切順利，我只需坐幾年牢或者服幾年苦役即可完事。我問他，如果判決嚴厲的話，我是否還有上訴的機會。他對我說沒有。他的策略是，訴訟當事人放棄提出意見，以免引起陪審團的反感。他向我解釋說，不能無緣無故就不服判決，提出上訴。我覺得這是顯而易見的道理，也就同意了他的意見。其實，冷靜地加以考慮，這也是自然而然的事情，否則，要耗費的公文狀紙就會太多。我的律師又說：「無論如何，上訴是允許的，但我有把握，判決肯定對你有利。」

我們等了很久，我想大概有三刻鐘。最後，又響起了鈴聲。我的律師先走了，走時對我說：「庭長要宣讀對雙方辯論的評語了，待一會兒，宣讀判決詞的時候，會讓您進去的。」我聽見一陣門響，一些人在樓梯上跑過，聽不出離我多遠。接着，我聽見大廳裏有一個低沉的聲音在讀甚麼。鈴聲又一次響起，門開了，我一出現，大廳裏就鴉雀無聲，真是一片死寂，我看見那個年輕的新聞記者把視線從我身上移開，我突然產生一種奇異的感覺。我沒有朝瑪麗那邊看。我已經沒有時間去看了，因為庭長用一種奇怪的方式向我宣佈，將要以法蘭西人民的名義，在一個廣場上將我斬首示眾。這時，我才覺得自己弄明白了審訊過程中我在所有聽眾臉上看到的表情意味着甚麼。我確信那就是另眼相看。法警對我很溫和了，律師把他的手放在我的腕上。我這時甚麼都不想了。庭長問我是不是有話要說，我考慮了一下，說了聲「沒有」，立刻就被帶出了法庭。

5

我已經是第三次拒絕接待指導神甫了。我跟他沒有甚麼可說，我不想說話。反正我很快又會見到他。我現在感興趣的是逃避死刑，是要知道判決之後是否能找到一條生路。當局又給我換了一間牢房。在這裏，我一躺下，就可以望見天空，也只可能望見天空。我整天整天地看着天空中從白晝到黑夜色彩明暗的變化。躺着的時候，我雙手枕在頭下，等待着甚麼。我不知想過多少次，是否在那些被判死刑的罪犯中也曾有人逃脫了那部無情的斷頭機，掙脫了執法者的繩索，在處決之前消失得無影無蹤。這樣想時，我就責怪自己過去沒有對那些描寫死刑的作品給予足夠的注意。世人對這類問題必須經常關注，因為誰也不知道會有甚麼事情落在自己頭上。像大家一樣，我也看過一些報紙上的這類報道。但肯定會有一些這方面的專著，而過去我是從沒有興趣去看的。也許，在那些書裏，我可以找到逃脫極刑的敍述。那我就會知道，至少有過那麼一次，絞刑架的滑輪突然停住了，或者是出自某種難以防止的預謀，一個偶然事件與一個湊巧機遇發生了，僅僅只發生那麼一次，最終改變了事情的結局。在某種意義上，我認為這對我就足夠了，剩下的事自有我的良心去料理。報紙上經常高談闊論對社會的欠債問題。照它們的說法，欠了債就必須償還。但是，只在想像中欠了社會的債，就談不上要償還了。重要的是，要有逃跑的可能性，要一下就跳出那不容觸犯的規矩，發狂地跑，跑，就可以給希望提供種種機會。當然，所謂希望，就是在街道的某處，奔跑之中被一顆流彈擊倒在地。儘管作了這麼一番暢想，但現實中沒有任何東西允許我去享受這種奇遇，所有的一切都禁止我作此非分之舉，那無情的機制牢牢地把我掌握在手中。

雖然我善良隨和，也不能接受這判決咄咄逼人的武斷結論。因為，說到底，在以此結論為根據的判決與此判決宣佈之後堅定不移地執行過程之間，存在着一種可笑的不相稱。判決在二十點鐘而不是在十七點鐘宣佈，就很可能是另一個樣子，它是由一些煞有介事、換了新襯衣的人作出的，而且是以法蘭西人民（既不是德國人民，也不是中國人民）的名義作出的，而法蘭西人民這個概念又並不確切，在我看來，所有這一切就使得這個判決大大喪失了它的嚴肅性。然而，我不得不承認，從它被作出的那一秒鐘起，它就是那麼確切無疑，嚴峻無情，像眼前我的身體所依靠的牢房牆壁一樣。

在這個時候，我想起了媽媽對我講過的一件有關我父親的往事。我沒有見過我父親。對他這個人，我所知道的全部確切的事，也許要算媽媽告訴我的那些了：有一天，他去看處決一個殺人兇犯。他一想到去看殺人，心裏就不舒服，但他還是去了，回來嘔吐了一早晨。自從我聽了這件事後，我對父親就有點厭惡了。現在，我理解了，他當時那麼做是很自然的事。我過去怎麼沒有看出執行死刑是最重要不過的事呢，怎麼沒有看出，使一個人真正感興趣的，歸根結底就是這麼一件事呢！如果有朝一日我出了這個監獄，一定要去看所有的執行死刑的場面。我相信，我這樣想是錯了，不該設想這種可能性。因為，我一想到如果某一天早晨我自由了，站在警察的繩索後面，也可以說，是站在另外一邊，充當觀眾來看熱鬧，看完之後又嘔吐一場，一想到這些，我就感到有一陣惡毒的喜悅湧上心頭，但這是不理智的。我不該讓自己有這些胡思亂想，因為這樣一想，我就感到全身冷得可怕，在被窩裏縮成一團，牙齒打戰，難以自禁。

當然，誰也不可能做到永遠理智。比方說，有好些次，我就制定起法律來。我改革了刑罰制度，我注意到最重要的是要給被判處決者一個機會。即使是千分之一的機會，也足以把很多的事情都安排好。這樣，我覺得人就可以發明一種化學合成品，服用後有百分之九十的把握可使受刑者死去（我想的就是受刑者）。條件是，讓受刑者本人事先知道。經過反覆考慮，冷靜權衡，我認為斷頭台的缺點就是沒有給任何機會，絕對沒有。一錘落定，絕無回旋，受刑者必死無疑。那簡直就是一樁鐵板釘釘的公案，一個不可更改的安排，一份已經談妥了的協議，再沒有回旋餘地。

如果由於特殊情況，那斷頭機失靈，那就又得再砍一次。因此產生了一個令人煩惱的問題，那就是被處決者還得期望斷頭機運轉正常。我這裏說的是不完善的一方面。在某種意義上，事情的確如此。但是在另一種意義上，我不能不承認，整個嚴密機制的全部奧秘也在於此。總而言之，被處決者在精神上不能不與整個機制配合。他要關心的就是一切運轉正常，不發生意外。

我不得不承認，到目前為止，我在這些問題上的想法有些是不正確的。比如說，不知是甚麼原因，我長期來一直以為上斷頭台，要一級一級走上去。現在我認為，這是因為一七八九年大革命的緣故，也就是說，在這些問題上，人們教給我或讓我是這麼認識的。但是，有一天早晨，我回想起一張刊登在報紙上的照片，那是對一次轟動一時的處決場面的報道。實際上斷頭機就平放在地上，再簡單不過。它比我想像的要窄小許多。我過去沒有早看出這點，這真有點怪。照片上那台斷頭機外觀上精密、完美、光潔閃亮，使我大感驚奇。一個人對他所不了解的東西，總是會有一些誇張失真的想法。我應該看到，其實一切都很簡單：斷頭機與被處決的人都在平地上，被處決的人朝機器走過去，他走到它跟前，就像碰見了另一個人一樣。當然，這是件討厭的事。登上斷頭台，想像力可以發揮作用，把這想像為升上天堂。

實際上，斷頭機毀滅了一切，一個人被處死，無聲無息，真有點丟臉，但準確無誤，快捷了當。

還有兩件事是我牽腸掛肚、念念難忘的，那就是黎明與我的上訴。其實，我一直在說服自己，盡量不再去想它。我躺着的時候，仰望天空，努力對它感興趣。它變成綠色時，就是黃昏來到了。我再努一把力，轉移我的思路。我聽見自己的心在跳動，我不能想像伴隨着我這麼多年的心跳聲，有朝一日會停止。我從未有過真正的想像力。但我還是試圖想像出心跳聲不再傳到腦子裏的那短暫的片刻。即使如此，我仍然是白費了力氣，黎明與上訴還是縈繞腦際。我最後對自己說，最合情合理的辦法，就是不要勉強自己。

我知道，他們總是黎明時來提人。因此，我整夜全神貫注，等待黎明。我從來都不喜歡凡事突如其來，措手不及。要是有甚麼事發生，我更喜歡有所準備，這就是為甚麼我只在白天睡一睡，而整個夜晚都耐心地等候着日光照上天窗。最難熬的是朦朦朧朧的破曉時分，我知道他們都是此時此刻動手的。一過了午夜，我就等着，窺伺着。我的耳朵從來沒有聽見過這麼多聲音，沒有分辨出過這麼細微的聲響。我可以說，在這段時期裏，我總算還有運氣，沒有聽見來提我的腳步聲。媽媽過去常說，一個人即使倒霉決不會時時事事都倒霉。每當天空被晨光染上了色彩，新的一天又悄悄來到我牢房時，我就覺得她說得很有道理。因為，我本來是可能聽到腳步聲的，我的心本來也是可能緊張得炸裂的。甚至，最輕微的窸窣聲也會使我奔到門口，把耳朵緊貼在門上，狂亂不知所措地等着，聽見自己的呼吸粗聲粗氣，就像狗的喘氣聲，因而感到非常恐懼，但終究我的心沒有被嚇得炸裂，我又多活了二十四小時。

整個白天，我就考慮我的上訴。我認為我抓住了這個念頭中最可貴的部份。我估量我所能獲得的結果，我從自己的思考中自得其樂。我總是設想有最壞的可能，即我的上訴被駁回。「這樣，我就只有去死。」死得比很多人早，這是顯而易見的。但是，世人都知道，活着不勝其煩，頗不值得。我不是不知道三十歲死或七十歲死，區別不大，因為不論是哪種情況，其他的男人與其他的女人就這麼活着，活法幾千年來都是這個樣子。總而言之，沒有比這更一目瞭然的了。反正，是我去死，不論現在也好，還是二十年以後也好。此時此刻，在我想這些事的時候，我頗感為難的倒是一想到自己還能活上二十年，這觀念上的飛躍叫我不能適應。不過，在想像我二十年後會有甚麼想法時，我只要把它壓下去就可以了，將來的事，將來該怎麼辦就怎麼辦。既然都要死，怎麼去死、甚麼時間去死，就無關緊要了，這是顯而易見的道理。所以，我的上訴如遭駁回，我就應該服從。不過，對我來說，困難的是念念不忘「所以」這個詞所代表的是邏輯力量。

這時，也只有在這時，我才可以說有了權利，以某種方式允許自己去作第二種假設，即我獲得特赦。麻煩的是，我必須使自己的血液與肉體，不要亢奮得那麼強烈，不要因為失去理智的狂喜而兩眼昏花。我還得竭力壓制住叫喊，保持理智的狀態。作此假設時，我也得表現得自然而然，以使得我放棄第一種假設顯得較為合情合理。我這樣做取得了成功，我也就有了一個鐘頭的平靜，這麼做畢竟也是不簡單的事。

也正是在這樣一個時刻，我再一次拒絕見指導神甫。我當時正躺着，從天空裏的某種金黃色可以看出，黃昏已經臨近。我剛好放棄了上訴，感到血液在全身正常流動，我不需要見指導神甫。很久以來，我第一次想到了瑪麗。她已經好些日子沒有寫信給我了。這天夜晚，我反覆思索，心想她大概是已經厭倦了給一個死刑犯當情婦。我也想到她也許是病了或者是死了。生老病死，本來就是常事。既然我跟她除了已經斷絕的肉體關係之外別無其他任何關係，互相又不思念，我怎麼可能知道她具體的近況呢？再說，從這時開始，我對瑪麗的回憶也變得無動於衷了。如果她死了，我就不再關心她了。我覺得這是正常的，因為我很清楚，我死後，人們一定就會忘了我。他們本來跟我就沒有關係。我甚至不能說這樣想是無情無義的。

想到這裏時，指導神甫進來了。我一見他，就輕微地顫抖了一下。他看出來了，對我說不必害怕。我對他說他今天來沒有按慣常的時間。他回答說，這是一次完全友好的訪問，與我的上訴無關，事實上他對此也一無所知。他坐在我的小床上，請我坐在他旁邊。我拒絕了。不過，我覺得他的態度很和藹。

他坐了一會兒，把手擱在膝上，低着頭，看着自己的手。他的雙手細長而又結實有力，使我聯想到兩頭靈巧的野獸。他慢慢地搓着雙手，而後，就這麼坐着，老低着頭，好久好久，有時我甚至忘了他還坐在那兒。

但是，他突然抬起頭來，兩眼直盯着我，問道：「您為甚麼多次拒絕我來探望？」我回答說我不信上帝。他想知道我對此是否有絕對把握，我說我沒有必要去考慮，我覺得這個問題並不重要。他於是把身子往後一仰，背靠在牆上，兩手放在大腿上，好像不是在對我說話，說他曾經注意到有的人總自以為有把握，實際上他並沒有把握。我聽了沒有做聲。他盯着我發問：「您對此有何想法？」我回答說有這種可能。不過，無論如何，對於我真正感興趣的事我也許沒有絕對把握，但對於我不感興趣的事我是有絕對把握的，恰好，他跟我談的事情正是我不感興趣的。

他把眼光移開，身子仍然未動，問我這麼說話是否因為極度絕望。我向他解釋說我並不絕望，我只不過是害怕，這很自然。他說：「那麼，上帝會幫助您的。我所見過的處境與您相同的人最後都皈依了上帝。」我回答說，我承認這是那些人的權利，這恰恰說明他們還有時間這麼做。至於我，我不願意人家來幫助我，而且我已經沒有時間去對我不感興趣的事情再產生興趣。

這時，他氣得兩手發抖，但他挺直身子，理順了袍子上的皺褶。然後，稱我為「朋友」，對我說：他這樣對我說話，並不是因為我是一個被判死刑的人；在他看來，我們這些人，無一例外都是被判了死刑。我打斷他說這不是一回事，而且他這麼說無論如何也不能安慰我。他同意我的看法，說：「當然如此。不過，您如果今天不死，以後也是會死的。您那時還會碰見同樣的問題，您將怎麼接受這個考驗？」我回答說，我今天是怎麼接受的，將來就會怎麼接受。

聽了這話，他霍地站了起來，兩眼逼視着我的兩眼。他這種把戲我很熟悉，我常用它跟艾瑪尼埃爾與塞萊斯特鬧着玩，通常，他們最後都把目光移開。指導神甫也深諳此法，我立刻就看穿了他，果然，他直瞪着兩眼，一動也不動，他的聲音也咄咄逼人，這麼對我說：「您難道就不抱任何希望了嗎？您難道就天天惦念着自己行將整個毀滅而這麼苟延殘喘嗎？」我回答説：「是的。」

於是，他低下了頭，重新坐下。他説他憐憫我，他認為一個人這麼生活是不能忍受的。而我，我只感到他開始令我厭煩了。我轉過身去，走到窗口下面，用肩膀靠着牆。他又開始向我提問了，我心不在焉地聽着他。他的聲音不安而急促。我覺得他是動感情了，因此，我就聽得比較認真了。

他説他確信我的上訴會得到批准，但我仍背負着一樁我應該擺脱的罪孽。在他看來，人類的正義算不了甚麼，上帝的正義才是一切。我向他指出，正是前者判了我死刑。他回答説，它並沒有因此就洗刷掉我的罪孽。我對他説我壓根兒就不知道何謂罪孽，法庭只告訴我是罪犯。我是犯人，我就付出代價，別人無權要求我更多的東西。我説到這裏，他又站了起來，我想，在這麼狹小的牢房裏，他如果要活動活動，就別無其他選擇，要麼坐下去，要麼站起來。

我的眼睛盯着地面。他向我走近一步，停下來，好像是不敢再往前走。他的眼光穿過鐵條望着天空，對我説：「您錯了，我的兒子，我們可以對您要求更多，我們會向您提出這樣的要求，也許會的。」

「那麼是甚麼要求？」

「要求您看。」

「看甚麼？」

神甫朝他周圍看了看。我突然發現他答話的聲音已變得疲憊不堪了，他說：「所有這些石塊都流露出痛苦，這我知道。我沒有一次看它們心裏不充滿憂傷。但是，說句心裏話，我知道，你們這些囚犯中身世最悲慘的，都從這些黑乎乎的石塊上看見過有一張神聖的面孔浮現出來。我們要求您看的，就是這張面孔。」

我有點激憤起來。我說我每天瞧着這些石壁已經有好些個月了，對於它們，我比世界上任何人、任何東西都更為熟悉。也許，曾經有好久的時間，我的確想從那上面看見一張面孔，但那是一張充滿了陽光色彩與慾望光焰的面孔，那就是瑪麗的面孔。我白費了力氣。現在，徹底完了。反正，從這些潮濕滲水的石塊裏，我沒有看見浮現出甚麼東西。

指導神甫帶着一種悲哀的神情看了我一眼，我現在全身都靠在牆上，陽光照在我的前額上，他說了句甚麼，我沒有聽清，接着他很快地問我是否允許他擁抱我，我回答說：「不。」他轉過身去，朝牆壁走去，慢慢地把手放在牆上，輕言輕語地說：「您難道就是這麼愛這個世界的嗎？」我沒有作任何回答。

他背對着我站了好久。他待在這裏使我感到壓抑，惹我惱火。我正要請他離開，不要再管我，他卻轉身向我，突然大聲叫嚷了起來：「不，我不信您的話，我確信您曾經盼望過另外一種生活。」我回答說那是當然的，但那並不比盼望發財、盼望游泳游得更快，或者盼望自己長一張更好看的嘴巴來得更為重要。這都是一回事。他打斷我的話，他想知道我是如何設想另一種生活的。於是，我朝他嚷了起來：「就是那種我可以回憶現在這種生活的生活。」立刻，我又對他說，我已經受夠了。他還想跟我談上帝，但我朝他逼近，試圖最後一次向他說明我剩下的時間已經不多了，我不想浪費時間去跟上帝在一起。他企圖變換話題，問我為甚麼稱他為「先生」而不是「我的父親」，這可把我惹火了，我對他說他本來就不是我的父親，他到別人那裏去當父親吧。

他把手放在我的肩上，說：「不，我的孩子，我在您這裏就是父親。但您不明白這點，因為您的心是迷茫的。我為您祈禱。」

這時，不知是為甚麼，好像我身上有甚麼東西爆裂開來，我扯着嗓子直嚷，我叫他不要為我祈禱，我抓住他長袍的領子，把我內心深處的喜怒哀樂猛地一股腦兒傾倒在他頭上。他的神氣不是那麼確信有把握嗎？但他的確信不值女人的一根頭髮，他甚至連自己是否活着都沒有把握，因為他乾脆就像行屍走肉。而我，我好像是兩手空空，一無所有，但我對自己很有把握，對我所有的一切都有把握，比他有把握得多，對我的生命，對我即將來到的死亡，都有把握。是的，我只有這份把握，但至少我掌握了這個真理，正如這個真理抓住了我一樣。我以前有理，現在有理，將來永遠有理。我以這種方式生活過，我也可能以另外一種方式生活。我幹過這，沒有幹過那，我做過這樣的事，而沒有做過那樣的事。而以後呢？似乎我過去一直等待的就是這一分鐘，就是我也許會被判無罪的黎明。沒有任何東西，沒有任何東西是有重要性的，我很明白是為甚麼。他也知道是為甚麼。在我所度過的整個那段荒誕生活期間，一種陰暗的氣息從我未來前途的深處向我撲面而來，它穿越了尚未來到的歲月，所到之處，使人們曾經向我建議的所有一切彼此之間不再有高下優劣的差別了，未來的生活也並不比我已往的生活更真切實在。其他人的死，母親的愛，對我有甚麼重要？既然注定只有一種命運選中了我，而成千上萬的生活幸運兒都像他這位神甫一樣跟我稱兄道弟，那麼他們所選擇的生活，他們所確定的命運，他們所尊奉的上帝，對我又有甚麼重要？他懂嗎？大家都是幸運者，世界上只有幸運者。有朝一日，所有的其他人無一例外，都會判死刑，他自己也會被判死刑，幸免不了。這麼說來，被指控殺了人，只因在母親的葬禮上沒有哭而被處決，這又有甚麼重要呢？沙拉瑪諾的狗與他的妻子沒有甚麼區別，那個自動機械式的小女人與馬松所娶的那個巴黎女人或者希望嫁給我的瑪麗，也都沒有區別，個個有罪。雷蒙是不是我的同夥與塞萊斯特是不是比他更好，這有甚麼重要？今天，瑪麗是不是又把自己的嘴唇送向另一個新默爾索，這有甚麼重要？他這個也被判了死刑的神甫，他懂嗎？從我未來死亡的深淵裏，我喊出了這些話，喊得喘不過氣來。但這時，有人把神甫從我手中救了出去，看守們狠狠嚇唬我。而神甫卻勸他們安靜下來，他默默地看了我一會兒。他眼裏充滿了淚水，他轉過身去走開，消失掉了。

他走了以後，我也就靜下來了。我筋疲力盡，撲倒在床上。我認為我是睡着了，因為醒來時我發現滿天星光灑落在我臉上。田野上萬籟作響，直傳到我耳際。夜的氣味，土地的氣味，海水的氣味，使我兩鬢生涼。這夏夜奇妙的安靜像潮水一樣浸透了我的全身。這時，黑夜將盡，汽笛鳴叫起來了，它宣告着世人將開始新的行程，他們要去的天地從此與我永遠無關痛癢。很久以來，我第一次想起了媽媽。我似乎理解了她為甚麼要在晚年找一個「未婚夫」，為甚麼又玩起了「重新開始」的遊戲。那邊，那邊也一樣，在一個生命淒然而逝的養老院的周圍，夜晚就像是一個令人傷感的間隙。如此接近死亡，媽媽一定感受到了解脱，因而準備再重新過一遍。任何人，任何人都沒有權利哭她。而我，我現在也感到自己準備好把一切再過一遍。好像剛才這場怒火清除了我心裏的痛苦，掏空了我的七情六慾一樣，現在我面對着這個充滿了星光與默示的夜，第一次向這個冷漠的世界敞開了我的心扉。我體驗到這個世界如此像我，如此友愛融洽，覺得自己過去曾經是幸福的，現在仍然是幸福的。為了善始善終，功德圓滿，為了不感到自己屬於另類，我期望處決我的那天，有很多人前來看熱鬧，他們都向我發出仇恨的叫喊聲。

天地外國經典文庫

① **到燈塔去**
［英］弗吉尼亞·伍爾夫 著　瞿世鏡 譯

② **鼠疫**
［法］阿爾貝·加繆 著　劉方 譯

③ **動物農場**
［英］喬治·奧威爾 著　榮如德 譯

④ **人間失格（附《女生徒》）**
［日］太宰治 著　竺家榮 譯

⑤ **美麗新世界**
［英］奧爾德斯·赫胥黎 著　陳超 譯

⑥ **都柏林人**
［愛爾蘭］詹姆斯·喬伊斯 著　王逢振 譯

⑦ **局外人**
［法］阿爾貝·加繆 著　柳鳴九 譯

⑧ **月亮和六便士**
［英］威廉·薩默塞特·毛姆 著　傅惟慈 譯

⑨ **柏拉圖對話集**
［古希臘］柏拉圖 著　戴子欽 譯

⑩ **愛的教育**
［意］埃德蒙多·德·亞米契斯 著　夏丏尊 譯